セイ
異世界召喚された聖女。
お忍び視察のため変装中
JN055158

顔を上げると、甘やかに微笑む団長さん。
熱を帯びた視線の直撃を受けて、
ステップがずれたけど、団長さんが
すぐにフォローしてくれたので立て直せた。
一杯一杯な状態で、
そんな攻撃をして来ないで欲しい。

「セイ。私を見て？」

聖女の魔力は万能です
5
The power of the saint is all around.
オスカー
セイの商会を任されている商人。と紹介されたが、実は……
ジュード
薬用植物研究所の研究員。セイと一緒に視察中
セイラン
外国からやってきた商船の船長。取り扱う商品を見たセイは……

聖女の
魔力は万能です
The power of the saint is all around.
5
Author
橘由華
Illustration
珠梨やすゆき

口絵・本文イラスト
珠梨やすゆき

装丁
ムシカゴグラフィクス

Contents

The power of the saint is all around. vol.5

Character

The power of the saint is all around.

セイ

異世界に聖女として召喚されたOL・小鳥遊《たかなし》聖《せい》。治療や魔物の浄化で大活躍し、各所から崇められるようになってしまったのが最近の悩み。料理や化粧品の開発が息抜き

レオンハルト

クラウスナー領の傭兵団を取りまとめるリーダー。優秀な薬師の腕をもつセイを気に入っている

アルベルト・ホーク

第三騎士団の団長。ちまたでは“氷の騎士様”と呼ばれているほどクールらしいが、セイの前では……?

薬用植物研究所の所長。セイの面倒をよく見てくれる。アルベルトとは幼なじみらしい

宮廷魔道師団の師団長。魔法や魔力の研究となると目の色が変わる。今は、セイの魔力に興味津々

薬用植物研究所の研究員で、セイの教育係。面倒見がよく、人懐っこい。よくセイの料理をつまみ食いしにくる

セイと同じく異世界に召喚された高校生・御園愛良《みそのあいら》。魔道師団で魔法の勉強をしている

図書館で友達になった侯爵令嬢。セイのことをよく慕ってくれている

宮廷魔道師団の副師団長で、アルベルトの兄。口数は少ないが常識人。ユーリにいつも振り回されている

1巻のあらすじ

Story line

残業から帰宅した瞬間、突然異世界に飛んでしまった二十代のOL・小鳥遊《たかなし》聖《せい》。

【聖女】として召喚されたものの、この国の王子はセイと一緒に召喚されてきた可愛らしい女子高生——御園《みその》愛良《あいら》だけを連れて部屋を出ていき、セイはその場に取り残されてしまった。

その後、紆余曲折《うよきょくせつ》あったが、日本に帰る方法も分からないため、セイは王宮にある薬用植物研究所で働き始めることにした。

セイは自らが【聖女】であると気付きながらも、それを隠し、ただの一般人として過ごしていた。

しかし、セイの能力はすさまじく、ポーション作製、料理、化粧品作製など、あらゆる面で人々を驚かせてしまう。

作製した上級HPポーションで、第三騎士団団長・アルベルトの命を救ったことを皮切りに、セイは様々な奇跡を起こす。

そうして、王宮では「セイ・タカナシこそが【聖女】なのでは……？」と噂が広がるのであった。

2巻のあらすじ

Story line

宮廷魔道師団からの呼び出しを受けたものの、ひとまず【聖女】だとばれることは避けられたセイ。

宮廷魔道師団師団長・ユーリのスパルタ指導が始まり、忙しくも充実した日々を送っていた。

そして、特訓の賜《たまもの》か偶然か、金色の魔力で再び奇跡を起こしてしまい、いよいよ聖女疑惑が強まる。

しかし、第一王子・カイルは疑惑を否定し、セイと一緒に召喚されたアイラこそが【聖女】だと頑《かたく》なに信じていた。

セイが【聖女】であると周りが確信したのは、セイが同行した魔物の討伐でのことだった。
第三騎士団団長・アルベルトの危機に際し、セイは金色の魔力で、魔物が湧き出る黒い沼を一瞬で浄化したのだ。
その結果、セイを偽物だと断じた第一王子・カイルは謹慎処分を受けた。
異世界に来てから、カイルしか拠り所がなかったアイラも、これを機にセイや学園の友人との関係を築き、平穏な生活を得たのだった。

3巻のあらすじ

Story line

奇跡的な効果をもたらす金色の魔力を発動したため、とうとう本物の聖女と認識されてしまったセイ。だがその〝聖女の魔力〟がどんな条件で発動したのかはわからないまま。

そんなセイに、薬草の聖地への遠征依頼が舞い込む。薬師に弟子入りしたり、傭兵団長に気に入られたり、薬膳っぽい料理を作って振舞ったり、遠征を楽しみながらもポーション作りに精を出しているうち、彼女は先代の【聖女】の手記を見つける。その手記を手がかりに、ついに〝聖女の魔力〟を使えるようになったセイだったが、その条件は、「ホーク団長を思い浮かべる」という、人には言えない恥ずかしいものだった……！

しかし、無事に〝聖女の魔力〟を使えるようになったため、セイも騎士団や傭兵団と一緒に森の調査に向かうことになる。

4巻のあらすじ

Story line

【聖女】の術を扱えるようになったセイは、調査のために貴重な薬草が群生する森に向かった。

力自慢の騎士団と傭兵団に守られ、安心しながら森を進んでいると、現れたのは物理攻撃に強いモンスター『スライム』だった！

苦戦しつつも何とか包囲網を抜け出し、逃げ帰ることができたセイ達は、相性の悪さにどうするべきかと悩む。

そこに宮廷魔道師団の師団長・ユーリとアイラが駆けつけた！

強力な援軍の登場もあり、セイ達は無事に森の浄化を終え、クラウスナー領に安寧が戻る。

宴ではセイとアイラも料理を振舞い、傭兵団とも交流が深まって大団円！

だが、セイには気掛かりになっていることが一つあった。それは、スライムによって枯れ果ててしまった森の惨状だった。

そしてセイは〝聖女の魔力〟で奇跡の再生を成し遂げる！

こうして全ての役目を終えたセイ達は、別れを惜しまれながらも、晴れ晴れとした気持ちで王都へと帰還するのだった。

第一幕　商会

クラウスナー領から王都へ戻ってきて三ヶ月。

季節は徐々に夏へと向かっている。

この世界に来てから二度目の夏だ。

戻ってきてからも、王宮からの要請で、彼方此方《あちこち》へと魔物の討伐に向かった。

かなり忙しかったけど、その甲斐《かい》あって、現在見つかっている黒い沼は全て浄化できた。

赴いた地方では明らかに魔物が減っているという話なので、一安心だ。

とはいえ、これで魔物の湧きが落ち着いたかどうかは、まだ判断できない。

黒い沼が新たに出現しないとも限らないからだ。

そこで、黒い沼については継続して調査し、見つかり次第、再び浄化へと向かうことになった。

黒い沼がない地方については、基本的に騎士団にお任せで、私が赴くことはない。

そのため、ここ最近は少しだけ時間の余裕ができていた。

そんな折に、クラウスナー領から王宮の薬用植物研究所に大量の荷物が届いた。

「すごいわね……」

倉庫に積み上げられた箱を見て、自然とそう呟《つぶや》いた。

山のように積まれているのは、クラウスナー領から届いた薬草や種が詰められた箱だ。

不足していたHP、MPポーションの材料となる薬草だけでなく、火傷《やけど》や麻痺《まひ》等の状態異常に効果があるポーションの材料となる物もある。

非常に珍しい薬草も含まれていたらしく、箱と共に届いた目録を見ながら、中身を確認していた研究員さん達が歓声を上げていた。

歓声というより、雄叫《おたけ》びといった方が正しいかもしれない。

「セイ、お前宛ての手紙も届いていたぞ」

あの人、あんなに大きな声を出せたんだ。

普段物静かな同僚の意外な姿を見て、そんなことを思っていたら、片手に手紙を持った所長に声を掛けられた。

どうやら、私宛ての手紙が研究所宛ての手紙と一緒に来ていたらしい。

手渡された手紙を裏返せば、そこにはコリンナさんの名前があった。

その場で封を開けて読み、思わず苦笑いを浮かべる。

クラウスナー領を去る前に、スライムによって被害を受けた森を再生したことがバレたようだ。

こっそりと再生した私の意を汲《く》んでか、直接言及はされていなかったけど、分かる人が見れば分かるように婉曲《えんきょく》的に書かれている。

そして、感謝の言葉も丁寧に綴《つづ》られていた。

ここまでの大盤振る舞い、コリンナさんだけではなく、領主様にもバレていそうよね。

政治に疎い私がそう考えてしまう程度に、クラウスナー領から届いた荷物は大量だった。

何せ、研究所宛てと私宛てと、二種類の荷物が届いたのだから。

そう、ここには別の倉庫に、私宛ての荷物も届いていた。

薬草不足は未だ解消されていないだろうに、私のために領内からかき集めてくれたのだろう。

何だか悪いなと思いつつも、コリンナさんの心遣いを感じて、ほっこりと胸が温かくなった。

「何だって？」

研究員さん達に交ざって箱の中身を確認していた所長が、私が手紙を読み終わったのに気付いて戻ってきた。

所長はニヤニヤとしながら、手紙の内容について聞いてきたけど、その視線は手の中の袋に注がれている。

袋の中には薬草の種が入っているのだろう。

袋には、滅多に市場に出回らないことで有名な薬草の名前が書かれていた。

その種が手に入ったことが、相好を崩すほど嬉《うれ》しかったようだ。

「魔物の討伐に対してのお礼でした。薬草はお礼の品みたいですね」

「なるほどな。また自重なくやらかしたんだろう？」

「失礼ですね。そんなことは、ない……と思いますよ？」

「疑問形な時点で、怪しい事この上ないな」

揶揄《からか》うような声色で問う所長に、僅《わず》かに唇を突き出しながら答えた。

ほんのりと疚《やま》しい気持ちがあったため、途中で口籠《くちごも》ってしまったのは失敗だったかもしれない。

途端に、所長の声が呆《あき》れたものに変わる。

視線を斜め上に動かせば、ハーッと深い溜息《ためいき》が聞こえた。

「アルからある程度、聞いてはいるけどな」

「そ、そうですか」

少しだけ笑いを含んだ声で告げられた内容に、冷や汗が出る。

クラウスナー領での所業は、既に団長さんから聞いていたらしい。

スライムの森でのこともバレているのかしら？

声の調子からして、まだバレていない？

知られていたら、本格的に叱責を受けるような気がする。

常日頃から少しは自重しろと言われている身としては、発覚していないことを祈るしかない。

「それにしても、これだけ色々あれば、研究も捗《はかど》りそうですね」

「そうだな。薬草が足りなくて一旦《いったん》止めていた研究もあるからなぁ。そういえば、お前宛ての荷物の中に、この辺りでは育たなさそうな薬草の種もあったんだが」

「多分、私が頼んだ種ですね」

「そうなのか？」

「はい。向こうで薬草の栽培方法も教えてもらったんです。それで、王都でも栽培できないか試してみようかと思って」

「ほう」

「もしかしたら所長にもお手伝いをお願いするかもしれませんが」

「構わないぞ」

話を逸らすために、クラウスナー領から届いた荷物の話題に触れると、思惑通りに事が進んだ。

所長は薬草の栽培について研究しているだけあって、薬草そのものよりも種の方に興味があるらしい。

種の入った袋に書かれている薬草の名前を見るだけで、その薬草が王都で栽培できるか分かるなんて、流石《さすが》である。

土壌の祝福が必要な種も、そうでない種も、試してみたいことは色々ある。

場所の違いによる影響も、【聖女】の術と、所長の土属性魔法があれば、多少の無理は通りそうよね。

快く協力に応じてくれた所長には、後で新作の料理でも提供しよう。

しかし、本当に沢山届いたものだ。

これだけ沢山あれば、ポーション以外のことに使っても大丈夫そう。

特に、私宛てに届いた荷物には、化粧品に使えそうな薬草があったはず。

新しい種類の化粧水やクリームを作ってみてもいいかもしれない。

使う薬草によって、香りが異なるのも楽しいし。

魔物の討伐やら、何やらで日に焼けてしまった気がしなくもないから、美白用の化粧品を作るのもいいかもしれない。

「どうした？」

「いえ。届いた薬草で、新しい化粧品を作ってみようかなと思いまして」

「新しい化粧品？」

箱の周りで、未だはしゃいでいる研究員さん達を眺めながら考え事をしていると、所長が声を掛けてきた。

ぼんやりと考えていたことを口にすれば、怪訝《けげん》そうな声が返ってくる。

視線を所長に向けると、所長は声色そのままの表情でこちらを窺《うかが》っていた。

今まで作っていたのとは香りや効能が異なる物を作る予定だと伝えれば、理解が及んだのか、「なるほどな」と頷《うなず》く。

「新しい化粧品か……」

「何か問題が？」

「あー、いや……。それも商会で売る予定か？」

「特に商会で売ることは考えていませんでしたけど」

「そうか。だが、欲しがる者は出てきそうだよな」

「あぁ……、そうですね」

所長の言葉に、あることを思い出した。

すっかり忘れていたけど、私が作る化粧品を欲しがる人は多い。

なぜならば、私の化粧品は非常に効果が高いからだ。

どうも製薬スキルが、いい働きをしているらしい。

元は自分用にと作り始めた化粧品だったけど、その効果を目の当たりにしたリズから所望され、分けたのが始まりだ。

しっかりとリズにも効果を発揮した化粧品は、リズの友人達の口の端に上り、色々な人から欲しがられるようになった。

ただ、リズだけならともかく、それだけの人数の化粧品を私が用意するのは難しい。

研究所の仕事もあるしね。

そこで、所長にお願いして、とある商会にレシピを公開し、私の代わりに化粧品を作ってもらうようにしたのだ。

その商会で私の化粧品を取り扱うと、リズに告げた後は凄《すさ》まじかった。

私が聞いていたよりも多くの人が、化粧品を買い求めに来たのだ。

連日列をなす貴族家の対応に、大商いに慣れていた商会と雖《いえど》も大変だったらしいとは所長の談だ。

今は商会の生産体制も整い、貴族家からの定期的な注文にも対応できている。

しかし、新作が出るとなれば、話は別だ。

あのときの熱狂再びといった事態になることは、想像に難くない。

予《あらかじ》め、商品化を視野に入れて、色々と検討しておいた方が良さそうね。

「商会の方とも相談した方が良さそうですね」

「そうだな。そっちには俺から連絡を取っておく」

「お願いします」

商会の方は所長にお任せしておけば、後は大丈夫だろう。

私宛てに来た荷物の目録を思い出しつつ、何を作ろうかと考える。

考えに没頭していたため、倉庫を後にする所長が、思案げな表情を浮かべていたことには気付かなかった。

◆

マナーの講義尽くしとなる一日は、淑女に変身するための準備が必要となる。

今日も王宮の一室で、朝早くから侍女さんに囲まれていると、ドレッサーの上にある、見かけたことのない瓶に気付いた人がいた。

私専属の侍女さん達を取り纏《まと》めているマリーさんだ。

「セイ様、こちらはどのような物でございますか？」

「あ、それは新しい化粧品です」

白い陶器で作られた瓶を両手で捧《ささ》げ持ちながら聞いてくるマリーさんに答えれば、途端に侍女さん達の視線が私に集中した。

視線に「ギンッ」って効果音が付いていそうな勢いで。

「新しい化粧品でございますか？」

「はい。美白効果に特化したクリームを作ってみたんです」

「美白……」

傍《そば》で聞いていた侍女さんが呟《つぶや》き、どこからともなく、ゴクリと唾《つば》を飲み込む音が聞こえた。

侍女さん達がそのような反応をするのも仕方がない。

スランタニア王国の美人の条件の一つが色白であることだしね。

だから、貴族の御令嬢方は、なるべく日に焼けないように普段から気を使っている。

そうは言っても、日に焼けてしまうことがあるのも事実。

特に、王宮で働いている侍女さん達にはよくある話だ。

貴族の御令嬢でもある侍女さん達は、肌の色を維持するために、日々涙ぐましい努力をしている。

そんな彼女達が、美白効果がある化粧品に目の色を変えない訳がない。

分かってた。

「セイ様、こちらのクリームは……」

「しばらく私が使ってみて、問題がなければ皆さんにお試しいただきたいのですが」

「もちろん、喜んで協力させていただきますわ！」

おずおずと尋ねてきた侍女さんに、試用をお願いすれば、喜色満面に勢いよく頷いてくれた。

いつもなら窘《たしな》めるマリーさんが苦笑いで済ませているあたり、マリーさんも新作の化粧品が気になっていたのかもしれない。

商会で新しい化粧品を取り扱う際は、使用した人の肌がかぶれたりしないか、予めテストを行う。最初は私が使用し、それで問題がなければ、他の人でも問題が出ないか、誰かに試してもらうといったようにだ。

前回、というか、初めて商会で化粧品を取り扱うことになった際には、侍女さん達に試してもらったのよね。

既に貴族の御婦人の間では噂になっていた品を試せるとあって、それはもう嬉々《きき》として協力してくれたわ。

テストの結果は上々で、化粧品の高い効果に侍女さん達は大喜びだった。

お陰様で、次に新しい化粧品を作ったらまた協力させて欲しいとまで言ってもらえたくらいに。

そういう訳で、次もお願いしようと思っていたのだ。

今回も進んで協力してもらえるようで何より。

「美白に特化したクリームなのですよね？」

「どれくらい肌が白くなるのか、とても楽しみですわ」

化粧を施されている私の前に、ドレスやアクセサリーを持ってきながら、侍女さん達は口々に美白クリームのことを話す。

クリームの効果に期待しているようで、話しかけてくる侍女さん達の目は皆、キラキラと輝いていた。

「期待するほど白くなるかは分からないですよ？　効果の出方は人によりますし」

「セイ様の化粧品の効果を疑う人なんて、おりませんわ」

「本当に。私《わたくし》、もう他の化粧品を使えませんもの」

苦笑しつつ宥《なだ》めてみても、効果は薄かった。

侍女さん達の期待値がどの程度なのかが分からないけど、多少は効果が出ると思う。

クリームには、美白に効果があると言われている薬草をふんだんに使っているから、美白効果は高いと思うし。

実際に、研究所で畑仕事をしていて赤くなってしまった私の肌に使ったら、瞬時に赤みが引いたもの。

効果が出る速さに、これってもう塗るポーションと言ってもいいんじゃないかと思ったほどだ。

とはいえ、既に色が濃くなってしまった肌が急激に白くなるのかは分からない。

こちらに来てからの生活で、私の肌は限界まで白くなってしまったようで、自分では効果を実感しにくいのよね。

それは、商会から化粧品を購入している侍女さん達もそうなんじゃないかって思う。

そういう理由で、侍女さん達の期待に応えられるか、少し心配だ。

そんな私の心配をよそに、侍女さん達はいつもより賑《にぎ》やかに、けれどもいつも通り手早く、私の準備を整えてくれたのだった。


侍女さん達に化粧品のお試しをお願いした翌日、朝から所長に呼び出された。

ついでにお茶を頼まれたので、食堂でお茶を淹《い》れてから所長の執務室へ向かう。

頼まれたお茶の数は四つ。

一つは所長として、もう三つはお客様の分だろうか？

今日は誰かお客様が来る予定があったかしら？

そんなことを考えながらお茶を用意し、所長の執務室のドアをノックした。

「失礼します」

「朝から、すまないな」

応えの後に部屋に入れば、予想通り見知らぬ人がいた。

ただし、二人だ。

内心首を傾げていると、所長が私にも座るようにと、隣の席を勧めた。

「こちらはフランツとオスカーだ」

「初めまして、フランツと申します」

「オスカーです。初めまして」

「初めまして、セイと申します」

対面に座るのは、白髪にサファイアのように深い青色の瞳《ひとみ》の紳士と、橙《だいだい》色《いろ》の髪にエメラルドのように鮮やかな緑色の瞳の男性だ。

紳士がフランツさんで、男性がオスカーさんらしい。

フランツさんは細身で、白髪をピシリとオールバックにし、眼鏡を掛けている。

同じように眼鏡を掛けているインテリ眼鏡様とは違って、和やかに微笑《ほほえ》む姿は正しく好々爺《こうこうや》といった雰囲気だ。

そこはかとなく、できる執事といった雰囲気も醸し出しているので、心の中ではセバスチャンと呼んでしまいそうだったりする。

オスカーさんは中肉中背で、少しはねた髪や、僅《わず》かに吊《つ》り上がったアーモンド形の瞳から活発な印象を受ける。

年齢はジュードくらいだろうか？

もう少し年上？

所長よりは若く見える。

二人とも着ている服から貴族ではなさそうだけど、何となく裕福そうな感じだ。

その印象は正解だったようで、所長から二人が商会の人間だと紹介された。

フランツさんが商会の会長で、オスカーさんはフランツさんの補佐をしているらしい。

「商会の方ですか？」

「あぁ。新しく商会を立ち上げようと思ってな」

「立ち上げる？」

「そうだ。お前のな」

「はい？」

所長の言葉に怪訝《けげん》な顔をすれば、所長は経緯を説明してくれた。

私が考案した化粧品は所長が紹介してくれた商会を通して売っていたのだけれど、その人気故に売り上げが大きくなり過ぎたらしい。

そのせいで他の商会からのやっかみが酷《ひど》く、色々と問題が起きていたそうだ。

所長自身、儲《もう》けよりも、自分が色々と調整しやすいからということで、実家と関わりのある商会を選んだそうだ。

しかし、様々な問題が起きるにつれて、所長が表に出る必要も増えてきて、研究所の仕事との両立が難しくなってきたのだとか。

最近では他家の貴族も口を挟むようになったらしく、所長の実家の方でも対応に追われているらしい。

商会についての知識がさっぱりなかった私の代わりに、色々と骨を折ってくれた所長には非常に感謝している。

所長が取り計らってくれたお陰で、利益は私に還元され、私の個人資産も増えた。

そんな所長だけでなく、御実家の方まで影響が出ていると聞いて、非常に申し訳ない気持ちになった。

そこにきて、新商品の発売だ。

更なる儲け話に、今よりも問題が増えるのは間違いないだろう。

そこで所長は、儲け話を実家と関わりのある商会から切り離すことを決めたのだ。

所長の実家とは関係がない、新しい商会を立ち上げて、私が関わる製品は今後そちらで売ることにしたらしい。

それならば、所長への影響はなくなるだろう。

けれども、問題が元の商会から新しい商会へと移動するだけで解決するのかしら？

そんな疑問は、あっさりと所長に否定された。

「【聖女】様の商会に手を出す奴はいないだろう？」

「それは……、うーん、そうでしょうか？」

所長の意見に首を傾げると、所長の意見を肯定するように目の前に座る二人が頷《うなず》く。

この国の【聖女】の地位を考えれば当然なのかな？

何となく腑《ふ》に落ちないけど、この疑問はひとまず置いておこう。

新しい商会が私の商会だというのならば、他にも聞きたいことはある。

「私の商会と言われても、私は製品開発しかできませんよ」

「分かってるさ。そのための、この二人だ」

そう。

私ができることといえば、ポーションや化粧品等を作るくらいだ。

商会の経営なんてできない。

不安な気持ちを吐露すれば、所長が二人を指し示した。

所長曰《いわ》く、私は今まで通り、何か思いついたときに物を作るだけでいいそうだ。

その他の商会の仕事は、全てフランツさん達がしてくれるらしい。

だから、製品情報の提供先が変わるだけで、私の作業内容や報酬については変わらない。

元々、フランツさんとオスカーさんは元の商会から引き抜いてきた人達で、非常に優秀なので、まるっとお任せしてしまっても大丈夫なのだとか。

そんな優秀な人を引き抜いて大丈夫なのかと思ったけど、その辺りは所長の御実家の方々が調整してくれたそうだ。

一度、所長の御実家の方々に何か挨拶《あいさつ》の品でも贈った方がいいような気がしてきた。

「これから、よろしくお願いいたします」

「こちらこそ、よろしくお願いいたします」

穏やかに微笑みながら挨拶をしてくれたフランツさんと、同じようにニコニコしながらお辞儀をしてくれたオスカーさん。

所長も太鼓判を押してくれた、この二人であれば大丈夫かな。

そんな二人に挨拶を返して、顔合わせは終わった。

◆

フランツさんとオスカーさんを紹介されてから、一月後。

王都に新しい商店が開店した。

フランツさんが会長を務める商会が経営しているお店だ。

お店の場所は貴族用のお店が並ぶ通りだ。

販売予定の化粧品の顧客が貴族ばかりなこともあって、この場所になったらしい。

ただ、庶民用の店が並ぶ通りにも近い。

今後は貴族だけではなく、裕福な庶民も顧客になるだろうと見込んでいるからだそう。

そんなフランツさんの予想は当たったたようだ。

お店には貴族だけでなく、どこかの商家のお嬢さんと思われる人達も大勢来店している。

そして、御令嬢に加えて、御付きの人達もいるため、店内は非常に混雑していた。

高級品を扱うお店が並ぶ一角で、あれほど賑わっているお店も珍しいんじゃないかしら。

開店したばかりのお店を、少し離れた場所で見ていて、そう思った。

「盛況ね」

「そうだね。セイ様の化粧品が予想以上に人気だったみたいだよ」

「元のお店では貴族の方しか買っていなかったはずなんだけど」

「あっちもすごく儲けてたらしいからねぇ。王都の商家の間では有名だったみたいだよ。その関係で、商家の御婦人の間でも噂になってたみたいだし」

「元のお店は貴族の方にしか販売していなかったんだっけ？」

「らしいね。作るのが追っつかないとかで。いやー、セイ様の提案のお陰で購買層を広げることができたってフランツさんも感謝してたよ」

砕けた調子で話すのはオスカーさんんだ。

この一ヶ月、開店準備で話すことが多かったせいか、いつのまにかここまで砕けて接するようになった。

最初はもっと畏《かしこ》まった感じだったので、ＴＰＯに応じて対応することはできるんだろう。

畏まられるよりは楽なので、咎《とが》めることもなく、そのままにしている。

しかし、そう思うのは私だけで、私を挟んで反対隣にいる人は、オスカーさんの態度が気になるらしい。

王都に出るために、護衛として付いてきてくれた団長さんだ。

普段とは違って、無表情で、鋭い視線をオスカーさんに投げかけていた。

「提案というのは？」

「化粧品の種類を、効果の高さで分けるように提案してくれたのですよ」

オスカーさんの話の内容が気になったのか、今までずっと黙っていた団長さんが口を開いた。

団長さんの視線に気付いていたのか、いなかったのかは分からないけど、貴族向けの口調でオスカーさんが説明する。

私がフランツさんに提案したのは、価格が安い化粧品を提供することだ。

今まで提供してきた化粧品は製薬スキルを持つ人が作っていたため、少々お値段が高い。

ただ、化粧品自体は元の世界で通用していたレシピということもあり、製薬スキルを持たない人でも作製できるのよね。

その場合、製薬スキルを持つ人が作った物よりも効果が落ちる。

そこで、それらの価格を抑えて提供するのはどうだろうかと提案したのだ。

結果はご覧の通り。

店頭では、今まで提供していた物よりも効果が落ちることも説明しているけど、それでも欲しいという人が多くいるようだ。

「お店の方は問題なさそう？」

「ないね。新しく雇った人も優秀なのが多いから、大丈夫だと思うよ」

「なら良かった」

「セイ様は、お店に寄るのはまた今度にするんだっけ？」

「ええ。今日は混雑してるしね」

「りょーかい。じゃあ、この後は真っ直ぐ帰るの？」

「その予定だけど」

「折角だし、どこかに寄って帰ったら？　最近できたお店なんだけど、人気の喫茶店があるんだよ」

「そうなの？」

「そう。貴族向けの喫茶店なんだけど、外国から取り寄せた変わったお茶を飲めるらしくて、新し物好きの貴族の間で人気なんだってさ」

お店の様子も窺《うかが》えたので、王宮に戻ろうかと思っていたのだけど、喫茶店の情報を聞いて少し興味が湧いた。

外国のお茶、ちょっと気になる。

でも、喫茶店に行くとなると、私の護衛をしている団長さんも一緒に行かざるを得ない。

私はお休みを利用して来ているけど、団長さんはお仕事中だ。

それなのに、付き合わせてしまってもいいのだろうか？

ダメだろう。

ちょっと考えただけでも、何だか申し訳ない気持ちになった。

それでなくても、今日はお店の様子を見たいからということで、余計な仕事を増やしてしまった自覚がある。

喫茶店に寄りたい気持ちも大きいけど、やっぱり他の人に迷惑をかけるのは問題があるわよね。

少し悩んで、寄り道をせずに帰ると言いかけたところで、団長さんに先を越された。

「その店はどこにあるんだ？」

「場所はですね……」

え？　何で？

私、まだ何も言ってないわよね？

団長さんも興味が湧いたの？

オスカーさんの説明を聞く団長さんを見ると、こちらの視線に気付いた団長さんと視線が合った。

「気になるんだろう？」

「えっ？　……はい」

「なら、少し寄って行こう」

いいのだろうか？

甘さが滲《にじ》む笑顔でそう言われてしまえば、気持ちは喫茶店に行く方に大きく傾く。

悩んでいたのを見透かされたのか、それとも分かりやすく表情に出ていたのか。

オスカーさんと別れて、喫茶店へ向かう道すがら、何故分かったのかと団長さんに問えば、目が輝いていたからという答えが返ってきた。

どうやら、喫茶店のことを聞いた際に、薬草やポーションのことを話すときと同じような表情をしていたらしい。

そんなに？

それよりも、薬草やポーションと新しい喫茶店が同列っていうのは、どうなの私。

何だか気恥ずかしくて足元に視線を落としたら、隣からくぐもった笑い声が聞こえた。

声を殺して肩を震わせる団長さんを、半目でじっとりと睨《にら》んでしまったのは、仕方がない。

「ここのようだな」

「わぁ！」

オスカーさんと別れ、馬車に揺られて数分後、目的の喫茶店に到着した。

喫茶店の道路に面した壁には大きなガラス窓があり、外からでも中の様子が窺える。

貴族向けのお店だからか混雑はしていなかったけど、それなりにお客さんが入っているようだ。

団長さんにエスコートされ、お店の入り口を潜ると、従業員さんが笑顔で迎えてくれた。

そのままお店の奥に通される。

お店の中は、右手側の壁には一面、風景が描かれており、左手側の壁には数枚の鏡が嵌《は》め込まれていた。

鏡のお陰で、お店の中が実際よりも広く見える。

やっぱり貴族向けのお店だからか、内装にも力を入れているのかな？

そんなことを考えながら、案内された席に着いた。

メニューも見ずに、外国から取り寄せた飲み物が欲しいと伝えると、万事心得たとばかりに従業員さんは笑顔で頷いた。

従業員さんが立ち去った後で、何か摘める物も頼めばよかったと気付いたが、後の祭だ。

新しいお茶が気になって仕方なかったのよ。

「こちらが当店でお勧めしているコーヒーでございます」

「⁉」

コーヒー⁉

今、コーヒーって言ったわよね？

従業員さんの口から飛び出た名称に驚いて、まじまじと差し出されたカップを見つめる。

カップに揺らめく黒い水面から、もしやと思っていたけど、まさか予想通りの物だったなんて。

召喚された際の謎仕様で、こちらの世界の単語は元の世界の単語に置き換えられることがあるのだけど、置換後の言葉は私の持つ印象が深く影響する。

こちらの世界に来てから、口にする物が水かお茶ばかりだったので、オスカーさんの言葉もお茶と置換されたのだろう。

もしくは、オスカーさんがコーヒーをお茶の一種だと思っていて、お茶だと言っていたのかもしれない。

だけど、まさかコーヒーだったとは……。

「どうした？」

「いいえ、知ってる飲み物だったので驚いて……」

「祖国のか？」

「はい」

口も付けずカップを見詰めていたせいか、団長さんから心配そうに声を掛けられた。

理由を説明すれば、ますます気遣わしげな表情で見られる。

心配はいらないと笑顔を返すと、団長さんも表情を緩めてくれた。

久しぶりのコーヒーだ。

温かいうちに飲まないともったいない。

カップを持ち上げ、口元まで運ぶと、懐かしい香りがフワリと鼻腔《びこう》をくすぐる。

無意識に笑みが深くなる。

日本では毎日飲んでいたのよね。

「紅茶よりも味が濃いな」

「そうですね。ミルクを入れても美味《おい》しそうです」

供されたコーヒーは慣れ親しんでいた物よりも味が濃い。

カップを傾けると、底の方にコーヒーの粉が沈殿しているのが見えたので、トルココーヒーに近いのかもしれない。

「ん？　セイは飲んだことがあるんじゃないのか？」

「飲んだことはあるんですけど、日本で飲んでいた物とは味が違っていたので。恐らく、淹《い》れ方が違うんだと思います」

「淹れ方が？」

「はい。コーヒーも淹れ方で結構味が変わるので」

団長さんは「美味しそう」という言葉尻《ことばじり》を疑問に思ったらしい。

日本で飲んでいたのは缶コーヒーや、ペーパードリップで淹れた物が多かった。

他にもネルドリップ、サイフォン、フレンチプレスなど色々な淹れ方があったけど、これらの方法で淹れたコーヒーを飲んだことはほとんどない。

ましてや、トルココーヒーは一度も飲んだことがなかった。

「ニホンではよく飲んでいたのか？」

「毎日飲んでいましたね。コーヒーを飲むと眠気が飛ぶので」

一説によると、コーヒーを飲んで眠気がなくなるのは気のせいだという話もあった。

ただ、何となく習慣で昼食の後によく飲んでいたのよね。

二杯以上続けて飲むと気持ち悪くなるので、ずっと飲み続ける訳にはいかなかったけど。

それでも、朝食と昼食後の一杯は止《や》められなかった。

「そうなのか」

「自分で淹れることもありましたね」

「自分で？」

「ええ。道具があれば、こちらでも淹れられるんですけど……」

こちらでコーヒーを淹れるのに使えそうな道具といえば、研究所にあるビーカーやフラスコだろうか？

でも、ビーカーなどを使っての、コーヒーの淹れ方が思い付かない。

ネルドリップなら、布と針金を用意すればいけるかな？

「何か思い付いたのか？」

「はい。コーヒーを淹れる道具が用意できそうです」

「そうか」

道具が用意できるとなれば、やることは一つ。

何も言わなくとも、私が何をするのかは予想しているようで、団長さんの目が期待に輝いた。

分かっていますよ。

もちろん、無事にコーヒーを淹れることができたら、団長さんにも振る舞いますから。

コーヒー豆はこちらのお店で買えるだろうか？

道具だけでなく、豆がなければ始まらない。
店員さんに聞いてみたところ、豆は販売しているとのことだった。
私と同じように、自分で淹れてみたいと思う人がいるらしい。
そして、小袋一袋分の量を購入して、王宮へと戻った。
外国から取り寄せているだけあって、かなりいいお値段だった。

第二幕　外国の品

「所長、また飲んでいるんですか？」

所長室へ書類を届けに行くと、部屋の中にはコーヒーの香りが漂っていた。

記憶が正しければ、来る度にコーヒーの匂いしかしていない気がする。

そう認識してしまうほど、所長はコーヒーにハマっていた。

「そう言うなよ。豆はちゃんと自腹で買ってるんだから」

「もちろん、分かってますよ。でも、飲み過ぎは良くないと思うんです。このところ、ずっと飲んでいらっしゃいますよね？」

追及すれば、所長はスイッと視線を横にずらした。

その様子に、思わず苦笑が浮かぶ。

とはいえ、研究所に広めてしまったのは自分なので、あまり強くは言えない。

王都でコーヒーを飲んだ日、研究所に戻ってから、早速道具を作ってもらえる伝《つて》がないかと所長の所に向かった。

伝はあった。

灯台下暗し。

所長が紹介してくれたのは、研究所の実験器具を作ってくれている製作所だった。

研究所に製作所の方をお呼びし、作って欲しい道具について説明すると、一週間後には説明した通りの道具が研究所に届けられた。

そして、コーヒー豆と道具が揃《そろ》ったので、研究所の食堂でコーヒーを淹れたのだ。

王都で流行《はや》っている飲み物だということで、所長を始めとして、興味を惹《ひ》かれた面々が食堂に集まった。

衆人環視の中、真新しいネルを使って、ゆっくりとコーヒーを淹れる。

ガラスのポットの中に、ツーッと落ちる黒い液体を見て、「おおーっ！」という歓声が上がったわ。

嗅《か》ぎ慣れない匂いが苦手だという人もいたけど、大半の人には好意的に受け入れられた。

流石《さすが》、薬用植物研究所の研究員達よね。

未知の香りに寛容だったのは、薬草の匂いに慣れているからかもしれない。

味の方も、平気だった人が多かった。

研究員さん達の中には、お店で既にコーヒーを飲んだことがある人もいた。

その人達からは、お店のコーヒーよりも飲みやすいという評価をいただいた。

トルココーヒーよりもネルドリップで淹れたコーヒーの方が、味があっさりしていたからかもしれない。

それもあって、現在コーヒーが研究所内で流行っている。

「ほどほどにしてくださいよ。日本ではカフェイン中毒って言葉もあったくらいなんですから。飲み過ぎは体に悪いですよ」

「分かった、分かった。気を付けるさ。そもそも、中毒になる程、飲める物でもないだろ？」

「そうですけどね」

苦笑いの所長が言うことも正しい。

なにせ、外国から取り寄せているだけあって、コーヒー豆は高価だ。

それ故に、所長が手に持つカップも小さな物で、一度に飲む量は少ない。

日に何度か飲んでも、カフェイン中毒になるような量には到底及ばないだろう。

しかし、それでも不安になるのだ。

だって、こちらのコーヒー、日本で飲んでたコーヒーよりも効果が高いんだもの。

コーヒーが研究所で流行っているのには、味以外にも理由があった。

日本では眉唾《まゆつば》に感じられた眠気覚まし効果が、こちらでは十二分に発揮されるのだ。

実際に徹夜三日目の人がコーヒーを飲んで、しゃっきりしてしまったのには驚いた。

睡眠の状態異常回復ポーションだと言ってもいいかもしれないとは、誰の言だったか。

そのせいで、コーヒーがあれば睡眠時間が削れると、一部の研究員達が大喜びだったのは記憶に新しい。

ポーションの飲み過ぎについての注意を聞いたことはない。

それでも、あまりの効果に、少しだけ飲み過ぎが心配になるのよね。

所長が飲んでいるコーヒーは、料理人さんが淹れた物だから、まだマシだとは思うけど。

例の三徹の人が飲んだコーヒーは私が淹れた物だったのよ。

五割増しの呪いが製薬スキルに発揮されたのか、それとも料理スキルに発揮されたのかは定かではない。

所長に書類を渡した後、研究室に向かって廊下を歩いていると、ジュードに遭遇した。

倉庫から薬草を取ってきたところらしい。

互いに「お疲れ様～」と挨拶《あいさつ》をして、一緒に研究室に向かう。

歩きながら、つい先日思い付いたことを、ジュードに相談した。

コーヒーを見つけてからというもの、故郷の味への熱が高まってしまったのよね。

それで、実家が食料品を取り扱っている商家で、植物のことにも詳しいジュードに聞いてみることにしたのだ。

「コメ？　聞いたことないなぁ」

「なら、稲は？」

「イネもないかな」

「そっか。残念」

最初にお米について聞いてみたけど、敢え無く撃沈。

名称が違う可能性も考えて、お米の特徴を説明してみたけれど、ジュードは首を捻《ひね》るばかり。

そうこうしているうちに研究室に着いたので、お互いの作業に戻ろうとしたら、薬草を置いたジュードが戻ってきた。

どうしたのかと首を傾げると、お米のことをもう少し詳しく教えて欲しいと言う。

実家の人達にも聞いてくれるらしい。

ジュードよりも実家の人達の方が詳しいから、もしかしたら知っているかもしれないと。

その申し出をありがたく思いながら、お米について説明する。

「何の話をしてるんだ？」

「あ、所長」

植物としての稲の特徴を話し終わり、主食としてのお米の特徴を話している辺りで、所長がやって来た。

気が付けば、ジュードだけでなく、近くにいた何人かの研究員さん達も話に聞き入っていた。

お米に薬効効果はなかったと思うけど、植物の研究者としては、未知の植物の話が気になったのかもしれない。

まさか、未知の食べ物に興味津々だったって訳じゃないわよね？

なんて冗談半分で考えていると、私に代わって、ジュードが所長に説明してくれていた。

「コメにイネ？」

「はい。植物としては稲、収穫された種を米というだけで、同じ植物のことなんですけど」

「んー、聞いたことがないな」

「そうですか……」

植物に詳しい所長ですら知らないのか。

後はジュードのご実家の方々に期待するしかないわね。

そう思っていたら、所長から良い提案があった。

「お前のところのフランツにも相談してみればどうだ？」

「フランツさんにですか？」

「あぁ。彼は昔、世界各地を回っていたことがあるから、知っているかもしれないぞ」

コーヒーが外国にあったくらいだ。

お米が外国で生産されている可能性はある。

できる商人であるフランツさんならば、世界中を回っていた間に、その土地土地の産物も調べていそうだ。

これは期待できるだろう。

早速、仕事が終わった後にフランツさんへと手紙を認《したた》めて送ると、何日かしてから返信が来た。

同じ頃、ジュードの実家の方からも、お米についての回答が来たらしい。

奇《く》しくも、どちらも同じような回答だった。

「モルゲンハーフェン？」

「モルゲンハーフェンというのは、この国の東にある港町だ」

手紙に書かれていた町名を口にすれば、丁度隣に立っていた所長が説明してくれた。

東にある港町という説明に、そういえば王宮で受けている講義で習ったことを思い出す。

どこかで聞いたことがある町名だなとは思っていたのだけど、ちょっと思い出せなかったのよね。

「貿易で有名な町でしたっけ？」

「そうだ。よく知ってるな」

「講義で習ったんですよ。さっきまで思い出せませんでしたけど」

フランツさんの手紙には、呼び名は異なるが似たような穀物を、かつて東方の国で見かけたことがあると書かれていた。

この国では、その東方の国からの輸入品がモルゲンハーフェンに荷揚げされるらしい。

基本的に入ってくるのは、この国で需要のある品々ばかりだけど、もしかしたらお米もあるかもしれない。

フランツさんは、そう言っていた。

ジュードの実家からの手紙には、呼び名は覚えていないけど、似たような穀物をモルゲンハーフェンで見かけたことがあると書かれていた。

其々《それぞれ》の手紙の内容を考慮すると、フランツさんが言っている穀物と、ジュードの家族が言っている穀物が同じ物である可能性は高い。

うーん、とりあえずジュードの家族にお願いして、その穀物を取り寄せてもらおうかしら？

いつも通り、お店にお願いしようかと考えていたら、所長から提案があった。

「せっかくだから、モルゲンハーフェンに行ってみるか？」

え？　行っていいんですか？

◆

モルゲンハーフェンの町はスランタニア王国の東側、海沿いにある港町だ。

町の周辺には丘が多く、最も高い丘を登るまでは町の姿は見えない。

その丘を登りきったところで馬車の窓から顔を覗《のぞ》かせると、前方に、海に向かって広がる町並みが見えた。

窓から顔を出した私に、落ち着いて町が見えるように御者が馬車を止めてくれる。

今いる丘よりも低いけど町の中にも丘があるようで、町中には坂道が多い。

町中の移動は少し大変そうね。

港の方に視線を移すと、何隻もの帆船が停泊しているのが見えた。

少し沖合には、白い帆を広げた船もいる。

あれらの船もこれから入港するのかしら？

それとも、出航していったところなのかな？

「あとちょっとだね」

「そうね」

少し町並みに見入っていると、隣に座っているジュードが声を掛けてきた。

窓から首を引っ込め、体勢を戻して頷《うなず》くと、再び馬車が動き出す。

モルゲンハーフェンに行くかという所長の提案から一週間後、少し長めの休暇を取って向かうことになった。

今まで休暇を取っていなかったのだから、ゆっくりして来いとは所長の言。

その言葉には語弊があると思う。

全く休暇を取っていなかった訳じゃないもの。

けれども、研究室の皆が一様に、「あれは休暇じゃない」って言うのよね。

私物の化粧品や料理を作ったり、王宮の図書室で本を読んだり、十分に休暇を満喫していたと思うんだけど？

何はともあれ、お米があるかもしれないという希望には抗い難かったので、所長の言葉に甘えることにした。

今回の旅行はジュードが一緒だ。

ジュードも外国から入って来る物に興味があるらしく、どうせなら一緒に行こうという話になったのよね。

ジュードの他には、何人かの第三騎士団の騎士さん達も同行してくれている。

こちらは休暇ではなくて、ちゃんとしたお仕事だ。

護衛ね。

日本とは違って、この国には魔物だけでなく盗賊もいる。

主要な街道は、その土地の領主様達によって管理されているので比較的安全だ。

しかし、全く危険がない訳ではない。

そこで、今回の移動には騎士さん達が護衛として付くことになったのだ。

王宮側からの提案だったけど、私としてもありがたい話だったので了承した。

ちなみに、団長さんは一緒ではない。

一緒に来るかなと思ったのだけど、残念ながら王都にお留守番となった。

騎士団の長ともなれば、やはり王都でやらなければならない様々な仕事があるかららしい。

出発の際、見送りに来てくれたのだけど、非常に残念そうだった。

もっとも、団長さんが留守番となった一番の理由は、別にあると思っている。

今回の旅行では【聖女】ではなく、一般人に扮《ふん》しているのよ。

何でかって？

ほら、【聖女】として行動すると、色々と仰々しくなるからね。

それを避けるために、商家の御一行という態で移動しているのだ。

護衛をしてくれている騎士さん達も、傭兵《ようへい》の格好をしても目立たない容姿をした人達が来てくれた。

ただ、この中に団長さんが入ってしまうと、いかにもお忍びで移動している、やんごとない御一行感が出てしまうのよね。

傭兵の格好をしたとしても、隠しきれないキラキラ感……。

それこそが、団長さんが留守番となった一番の理由の気がしてならない。

王都で待っていてくれる団長さんには、お米がなくとも、何か外国の珍しい物があればお土産《みやげ》に買って帰ろうと思う。

もちろん、所長や研究員さん達にも。

「おかしくないかな？」

「大丈夫だよ。ほら」

あと少しで町に入るというところで、身嗜《みだしな》みを確認する。

普段はしない確認をしているのは、変装をしているからだ。

今回の旅行では、この国では珍しい黒髪と黒い瞳《ひとみ》を隠すために、ウィッグと眼鏡を掛けている。

ジュードに手渡された手鏡を覗き込めば、そこには茶色い髪に眼鏡を掛けた私がいた。

眼鏡は度なしだ。

久しぶりに着けたからか、鼻あての感触がこそばゆい。

顔を知っている人から見れば大したことがない変装だけど、ありふれた髪色にするだけでも目立たなくなるので問題ない。

そうこうしているうちに、馬車は町に入り、泊まる予定の宿の前で止まった。

長時間座りっぱなしだったため、早く降りて凝り固まった体を解《ほぐ》したい。

手前に座っていたジュードが降り、その後に続いて降りようとしたところで、手が差し出されたのが見えた。

ジュードがエスコートしてくれるのかしら？

差し出された手に掴《つか》まり、顔を上げてお礼を言おうとしたところで固まった。

「ようこそ、モルゲンハーフェンへ」

「オスカーさん？」

そこにいたのは、商会のオスカーさんだった。

何でここにいるの？

疑問が顔に出ていたのか、固まってしまった私を馬車から降ろしながら、説明してくれた。

オスカーさんは別件でモルゲンハーフェンに来ていたらしい。

そこに、私が食材を探し求めてモルゲンハーフェンに来ることを、どこかから聞きつけて、駆けつけてくれたそうだ。

「セイ様がいるんなら、ちゃんと挨拶《あいさつ》しないとね」

「気にしなくていいのに」

「気にするよ。セイ様あってこその、うちのお店だし」

そんな大袈裟《おおげさ》な。

口には出さなかったけど、思わず表情に出てしまう。

苦笑いを返してしまったけど、オスカーさんは気にした風もなく笑顔のままだった。

オスカーさんから説明を受けている間に、ジュードが宿の手続きをしてくれたようで、そのまま部屋へと案内された。

何故かオスカーさんも一緒だ。

不思議に思うと、オスカーさんから同じ宿に泊まっているのだと明かされる。

「この宿はいい宿だよ。綺麗《きれい》だし、料理も美味《おい》しいし」

「そうなんだ」

料理、料理か。

美味しいという言葉を果たしてどこまで信じていいものか。

この国の、元々の料理を思い出して、そんな風に考えてしまう。

料理については食べるときに考えるとして、案内してくれるという宿の人の後に付いて行った。

案内されたのは二階の一番奥の部屋だった。

一つ手前は騎士さんの部屋で、更に一つ手前がジュードの部屋だ。

隣が騎士さんの部屋なのは、護衛のためらしい。

「こちらの部屋をお使いください」

「ありがとうございます」

宿の従業員さんがドアを開けてくれたので、それに続いて部屋に入った。

えっと……。

思っていたよりも部屋が広く、思わず固まる。

これって結構いい部屋よね？

この部屋で合っているのかしら？

心配になって従業員さんを見ると、笑顔を返された。

その様子からして、この部屋で間違いないことが分かる。

従業員さんにぎこちなく笑顔を返すと、従業員さんは「ごゆっくりお過ごしください」と言い残して、去って行った。

取り敢えず、荷物を整理しよう。

そういっても、備え付けのクローゼットに持ってきた衣装を掛けるくらいだから、あっという間に終わるんだけどね。

そうして荷物の整理が終わった頃、ドアがノックされた。

誰何《すいか》するとジュードの声が返って来たので、ドアを開ける。

「おー、広いね！」

「どうしたの？」

「俺の部屋も結構広かったから、セイの方はどうなのか気になったから来てみたんだ」

「そうなんだ。それで、どう？　ジュードの部屋よりも広い？」

部屋を見に来たというジュードに、部屋が見渡せるように、体をずらした。

一歩だけ部屋の中に入ったジュードは、部屋を見回すと感嘆の声を上げる。

「広い、広い。多分、この宿で一番いい部屋なんじゃないかな？」

「え⁉　そんなに？」

宿で一番との声に、ギョッとする。

商家の人間に見えるようにしているからといっても、こんなにいい部屋に泊まってしまってもいいのかしら？

そんな不安の声は、ジュードの「いいんじゃない？」という一言であっさりと両断されてしまった。

「そんな、簡単に……」

「商家のお嬢様なら、これくらいの部屋に泊まることもあるよ」

商家のお嬢様なら、か。

その商家って結構大きい商家なんじゃないかしら？

疑わしさゆえに、半目でジュードを睨《にら》んでみたけれど、それ以上ジュードが何かを言うことはなかった。

ジュードが部屋の中を見て満足したようなので、一緒に一階の食堂へと移動した。

今後の予定を話すために、荷物を置いたら集まろうと、前もって皆で決めていたからだ。

階段を下りて、周りを見回すと、先に来ていた騎士さん達の姿が目に入った。

何故か、オスカーさんも一緒だ。

近付くと、オスカーさんがこちらに気付いて、手を振った。

「オスカーさんは休憩中ですか？」

「いや、セイ様達を待ってたんだよ」

問い掛ければ、私達を待っていたと言う。

一体、何の用なんだろう？

首を傾げると、オスカーさんが興味深い話を教えてくれた。

「食料品を載せた船が、丁度今日到着したらしいよ」

「そうなの？」

「セイ様達は外国の穀物を探しに来たんだってね。どうやら、その船にも穀物が載せられて来たみたいだよ」

何て運が良い！

内心ガッツポーズをしていると、ジュードがどんな穀物なのかとオスカーさんに質問していた。

残念ながら、穀物の形状等、詳細な情報はオスカーさんも知らなかった。

しかし、外国で主食となっている物らしいと教えてもらい、弥《いや》が上にも期待が高まる。

今日到着したばかりだけど、明日の朝市には並ぶかもしれないということで、早速明日見に行くことになった。

その穀物以外にも、色々な食料品が積まれて来ているらしいので、朝市に行くのが非常に楽しみだ。

もし、明日並ばなかったとしても、数日は滞在する予定なので、その間に並ぶだろう。

市場に並ばない物に関しては、オスカーさんが仕事の合間に調べてくれると言ってくれた。

その中に必要な物があれば、こちらで取り寄せますよとまで言ってもらえたのは大変ありがたかった。

そのときは、お言葉に甘えようと思う。

そうして明日の予定について話した後、今日は移動の疲れを癒すために、それぞれの部屋でゆっくりと休むことになった。

◆

早朝の空気は少しだけ澄んでいる気がする。

けれども、人が多い場所になると、途端にそんな空気は霧散してしまうのよね。

日が昇ってそれほど経たないというのに、市場の中は既に多くの人で賑《にぎ》わっていた。

熱気がすごい。

この世界の人達の朝が早いのは知ってはいるのだけど、それでも朝早くからこんなに多くの人が集まるのはすごいなと思ってしまう。

「すごい人出ね。王都も人が多かったけど、同じくらい人がいそう」

「この国でも有数の貿易港だからね。それに昨日新たな船が入港したばかりだから、その船の荷物目当てに、いつもより人が多いんじゃないかな」

「そっか。それもそうよね」

ここにいる人達と同じように、私達も朝早くから繰り出している。

感心はすれど、批判はできない。

同類だし。

そんなことを考えつつ、ジュードと話しながら市場の中を歩く。

貿易港があるのもあって、市場に並んでいる品物は、王都では見たことがない物が多い。

興味を惹《ひ》かれる物ばかりで、ついつい近くに寄れば、その後をジュードが慌てて付いて来る。

あまりにも自由奔放に動き過ぎたのか、終《しま》いには腕を掴まれてしまった。

「ちょっと、あんまりフラフラしないで」

「ごめん、ごめん。気になる物が多くて、つい」

「ついじゃないよ、もう」

プリプリと怒るジュードにもう一度謝り、再び市場に並べられている品物に意識を移す。

これ以上怒られないように、気になる物があればジュードに声を掛けて近付く。

ジュードが持つこの世界の知識と、私が持つ元の世界の知識をお互いに披露しながら歩くのは、思いのほか楽しかった。

「生鮮食品は王都に置いてある物と大差ないわね。値段が違うくらい？」

「そうだね。この付近の名産は、こっちの方が安いよね」

「外国から入って来た物は工芸品とかばかりか」

「見てるだけでも面白いよね」

「そうね」

外国から入って来ている物は、織物にしても、この国では見ない柄が織られたりしていて面白い。

つい色々な品物に目移りしてしまうんだけど、一番の目的は食料品だ。

他の物ばかりに目を奪われている場合ではない。

そして、改めて食料品を中心に見て回ったのだけど、今のところ目的の物は発見できていない。

お茶やコーヒー、砂糖なんかは見かけたんだけどね。

王都よりも全然安い価格だったので、思わず手が伸びそうになったわ。

もしも、目的の物が見つからなかったら、それらを買って帰ろうかしら。

「うーん、ないわねぇ」

「探してた物？」

「そう。そういえば、昨日入った船の品物ってあったのかしら？」

「どうだろう？　気にしてなかったな。その辺のお店の人に聞いてみる？」

「そうね」

市場の端まで来たけど、外国から入って来たと思われる穀物は見掛けなかった。

小麦や大麦は見掛けたんだけどね。

見落としたのかもしれないので、ジュードが言うように付近のお店の人に聞いてみた方がいいだろう。

踵《きびす》を返したところで、後ろから誰かが言い争うような声が聞こえた。

足を止めて振り返ると、船着場で何人かの男の人が輪になっていた。

「何だろう？」

「喧嘩《けんか》かな？」

同じように足を止めたジュードも怪訝《けげん》な顔をしてその輪を見る。

少し離れて護衛してくれていた騎士さん達も、異変に気付いてこちらにやって来た。

目を凝らすと、輪になっている人の中心で、背の高い男の人が鬼気迫った表情で周りの人に食ってかかっているのが見えた。

後ろで一纏《ひとまと》めにされた長髪は、黒い癖毛だ。

この国では黒い髪は珍しいという話だから、外国人かもしれない。

耳を澄ませば、治療やら魔道師やらという言葉が耳に入った。

もしかして、怪我人でもいるのだろうか？

「怪我人でもいるのかしら？」

「怪我人ですか？」

「ええ、治療がどうこうって話してるみたいなんですけど」

「昨日、船着場で事故があったって話がありましたね」

「事故？」

「何でも積んでいた荷物が崩れたとかで、下敷きになった者がいたとか」

疑問を零せば、近くに来た騎士さんが今朝聞いたという話を教えてくれる。

朝の食堂で噂になっていたようで、小耳に挟んだそうだ。

「セイはあの人が話してる内容が分かるのか？」

「はい。どうかしましたか？」

「よく聞き取れたな。実はな……」

黒髪の男性は興奮しているためか、話す際に所々母国語が出ていて、それもあって周りの人も理解しにくくて困惑しているらしい。

騎士さんから、追加でそのことを教えてもらった。

私は召喚時の特典で、この世界の言語は大体理解できるので、さっぱり気付かなかった。

怪我人か……。

黒髪の人の様子を見るに、事は一刻を争うのかもしれない。

ここはひとつ、一肌脱ぎますか。

「あっ、セイ！」

ジュードが慌てたように声を上げたけど、それを無視して人の輪に向かう。

止めようとした騎士さんにも、片手を上げて制する。

大丈夫、変なことはしないわ。

近付く私に気付いた人に、「通訳をしましょうか？」と問えば、助けが来たと思われたのか、いい笑顔で頷《うなず》かれた。

頭一つ分上にある男性の顔を見上げると、鳶色《とびいろ》の瞳《ひとみ》と目が合った。

訝《いぶか》しそうな眼付きでこちらを見る男性に、安心させるように笑顔を返す。

「誰だ？」

『初めまして、セイと申します。もしよろしければ通訳しましょうか？』

『我が国の言葉が分かるのか！　頼む！』

黒髪の男性の母国語で話すよう意識しながら言葉を発せば、思った通りに彼の国の言葉で話せたようだ。

ほんと便利ね、この特典。

そうして、周りの人に黒髪の彼が話す内容を伝えたのだけど、それでも周りの人は難しい顔をするばかりだった。

首を横に振る周りの人の反応に愕然《がくぜん》としていた黒髪の人が縋《すが》るようにこちらを見た。

周りの人の反応は予想通りだ。

何故なら、男性は魔道師を探していたのだから。

昨日、船着場で事故があったのは本当の話だった。

その際に怪我を負ったのが、この男性の部下らしい。

負傷した人は何人かいたようだけど、その中の一人が特に酷《ひど》く、ポーションを飲んでも状態が思わしくないのだとか。

そこで誰か治療ができる者、回復魔法を使える魔道師を探していたのだそうだ。

しかし、モルゲンハーフェンには薬師はいても、魔道師はいなかった。

この国の魔道師事情を考えると当然だ。

重傷を治せるほどの回復魔法の使い手は全て王宮勤めで、魔物の討伐でもなければ王宮を離れない。

説明を求める黒髪の男性に、この町に魔道師がいないことを告げると、男性は眉間《みけん》に皺《しわ》を寄せて俯《うつむ》いた。

周りの人達も痛ましい表情を浮かべたが、自分達にできることが何もないことが分かると、徐々に輪を外れていった。

うーん。

確かに、モルゲンハーフェンには回復魔法が使える常勤の魔道師はいない。

けどね……。

チラリとジュードの方を見れば、ブンブンと効果音が付きそうな勢いで首を横に振っている。

騎士さん達も苦い顔をして、否定を表すように小さく横に手を振っている。

ですよね。

私なら恐らく治すことはできるだろう。

でも、そこまでの重傷を治してしまうと、間違いなく噂になってしまう。

それが分かっているから、ジュードも騎士さん達も止《や》めておけと身振りで訴えるのだ。

私ももちろん理解しているんだけど、関わってしまったために、後ろ髪が引かれる。

できると分かっているから、何もしないで立ち去るのは非常に心苦しいのだ。

何とかしてあげたい。

そして少し悩んだ後、ハーッと深く息を吐いてから、勢いよく顔を上げた。

『あの、つかぬことを伺いますが……』

『何だ？』

『使われたポーションは中級ＨＰポーションですか？』

『そうだ。この町にある一番効果が高いポーションを求めたところ、渡されたのだ』

『そうですか』

使ったのが中級ＨＰポーションとは運がいい。

運がいいのは私なのか、それとも彼なのか。

間違いなく、この人だろう。

この人、絶対日頃の行いが良いに違いない。

使ったのが中級ＨＰポーションだと言うのなら、問題なく渡せる。

出歩き用に肩に掛けていた鞄《かばん》を漁り、中から一本のポーションを取り出した。

男性に差し出すと、男性は怪訝な顔でポーションを見た。

『これは？』

『ＨＰポーションです。何かあったとき用に持ち歩いている物ですが、よろしければ差し上げます。少しでも貴方《あなた》の部下さんの助けになりますように』

『……ありがとう』

多分、気休めにしかならないと思っているんだろうな。

それでも、泣きそうな笑顔でお礼を言ってくれた彼に手を振り、ジュード達が待つ方へ戻った。

「セイ……」

何か言いたそうなジュードに、肩を竦《すく》めて、元来た方へと戻るよう促す。

船着場から離れて、黒髪の男性に声が聞こえない距離まで離れたところで口を開いた。

「魔法は使わないわ。けど、少しだけはね……。アレで峠を越せなかったなら仕方ないかな」

「あのポーションって……」

言いかけて口を噤《つぐ》んだジュードに苦笑いを返す。

先程男性に渡したのは、何かあったとき用にと鞄に入れておいた、取って置きの一本。

私が作った上級ＨＰポーションだ。

アレを飲ませても状態が良くならないのであれば、本当にもう回復魔法でしか治せない。

アレならば、効果が高いことが分かっても、上級だからと言える。

普通の上級より効果が高いと言われても、家族から貰《もら》った物だから詳しくは分からないと白を切り通そう。

魔法が使えない私の、せめてもの自己満足。

これくらいは、大目に見て欲しい。

◆

船着場での騒ぎの後、近くのお店の人に聞いてみたりしたけど、外国から入ってきた穀物は麦や豆ばかりで、お米は見つからなかった。

ただ、事故を起こした船の荷物がまだ市場に出ていないという話だったので、日を改めて市場を再訪することにした。

大人しく宿に戻り、一夜明けた朝。

ジュードやオスカーさんと食堂で朝食を取っていると、入り口の方が騒がしくなった。

何事かと振り返れば、昨日の黒髪の男性が喜色満面でこちらに向かってくる。

周りを見回したけど、皆驚いた表情をしていて、知り合いである風の人はいない。

そうしているうちに、男性は私が座るテーブルまでやって来た。

『やはり、この宿にいたか！』

『えっと……』

『失礼ですが、お嬢様に何か御用でしょうか？』

口を開き掛けたところ、同じテーブルに座っていたオスカーさんが立ち上がり、男性と私の間に身を滑り込ませた。咄嗟《とっさ》のことなのに、私の仮の身分を口にできる辺り、やはり優秀な人なんだなと思う。

急に近寄って来た男性を警戒したのだろうか。

オスカーさんは笑みを浮かべているけど、少しだけ硬い雰囲気を醸し出していた。

男性はオスカーさんの態度に一瞬目を見開いたけど、すぐに居住まいを正し、所属と名前を名乗った。

ザイデラという国から来た船の船長で、セイランという名前らしい。

昨日渡したポーションは役に立ったようで、彼の部下はすぐにでも働けるくらいに回復したそうだ。

足を怪我したらしく、切断することも覚悟していたそうだが、ポーションのお陰で切断せずに済んだのだとか。

そして、ポーションの効果の高さから高価な物を渡されたことに気付き、お礼を言うために昨日から私を探していたらしい。

切断前にポーションを渡せて良かった。

切断後だったら、ポーションでは治せないもの。

『改めて礼を言わせて欲しい。ありがとう』

『お役に立てて良かったです』

お礼を言うセイランさんに笑顔を返す。

これで終わりかと思ったら、続きがあった。

何かというと、ポーションの代金を支払わせて欲しいと懇願されたのだ。

『あれ程の効果のある物だ。無償で貰う訳にはいかない』

『えーっと……』

効果について何か言われるだろうとは思っていたけど、代金について言及されるとは思っていなかった。

取って置きの一本ではあったけど、元は研究所の過剰在庫だ。

使う機会がなかった物を、何かあったとき用にと鞄に突っ込んでおいた物なので、代金を貰うのは気が引ける。

そもそも、その性能故に市販していない物なので、値段が付けられないのよね。

ここは上級ＨＰポーションの市価と同等のお金を貰えばいいかしら？

それはそれで、何だか後で問題が起こりそうな気がしなくもない。

どうしたものかと困っていると、オスカーさんが助け舟を出してくれた。

『お渡ししたポーションですが、お嬢様のためにと主人が特別に用意した物でございまして……』

『そうだったのか』

『はい。ですので、代金をと仰られますと、かなりの金額をご提示せざるを得ません』

『そうか……。手持ちの金で足らないようであれば、積荷を売った後に追加で支払わせて欲しい』

『それでも構いませんが、こちらとしましては、お嬢様の厚意でしたことですので、後から代金をいただくのも心苦しいのです』

二人の遣り取りをハラハラしながら聞いていたのだけど、オスカーさんは良い着地点に着地させてくれた。

積荷を見せてもらい、欲しい物があれば安く譲ってもらえるよう話を付けてくれたのだ。

セイランさんも快く了承してくれ、早速この後、船まで見に行くことになった。

セイランさんの積荷が市場に降ろされるのを待っていたので、オスカーさんの申し出は非常に助かった。

船着場に移動し、船の中に入るのかと思いきや、倉庫の方に案内された。

事故はあったけど、積荷は倉庫に移動済みだったようだ。

倉庫の中は薄暗く、魔法がかけられているのか、外よりも気温が低く、ひんやりとしていた。

肌寒さに両腕をさすりつつ、船長さんの後を付いて行く。

持ち込まれた品物は、この国で売れる物ということで、やはり麦類が多い。

『あの、セイランさんの国の特産品等はありませんか？』

『特産品か……。そうだな、あまり売れる物ではないので数は少ないが……』

船長だというのに、案内を買って出てくれたセイランさんに珍しい物はないかと尋ねると、隅の方に連れて行かれた。

見せてくれたのは、ザイデラで使われているという香辛料。

唐辛子に山椒《さんしょう》、そして特徴的な八角。

日本で見たことのある香辛料にテンションが上がる。

だって、中華料理に使われる香辛料ばかりなのよ！

これらの香辛料があるということは、お米がある可能性が高いのではないかと期待してしまう。

そして、その期待は裏切られなかった。

香辛料以外にもないかと聞いたところ、連れられて行った一角で遂に見つけたのだ。

『お米！！！！』

感極まって大きな声を出してしまったせいで、一緒に来ていたジュードやオスカーさん、それにセイランさんまで驚かせてしまった。

でも、そのときは周りの状況が気にならないくらいに、頭の中が目の前にあるお米で一杯だった。

『お嬢さん、米を知ってるのか？』

『はい！』

恐る恐る尋ねてきたセイランさんに返事をすれば、勢いが良すぎたのかセイランさんが僅《わず》かに仰《の》け反る。

しかし、すぐに気を取り直してお米について話してくれた。

お米はザイデラの一部地域で主食として食べられている物なのだそうだ。

スランタニア王国にはほとんど入って来ていない物なのによく知っていたなと言われて、ギクリとしたのは内緒だ。

咄嗟に、図鑑で見たことがあって気になっていたと言うと、一応納得してくれたみたいだったけど。

積まれていたお米は売れるとは思われていなかったので量が少なかったけど、遠慮なく買えるだけ買うことにした。

次にいつ入るか分からないからね。

もっとも、そんな私の買いっぷりを見て、次回はもっと持って来てくれるという話になり、すかさずオスカーさんが商談を始めた。

「すごいね……」

「そうね……」

オスカーさんを見ながら、ジュードと二人で呟《つぶや》く。

お米だけではなくて香辛料の売買も含めて、次々と決まっていく商談に目を白黒させてしまうばかりだ。

しかも、ポーションの件を利用して、かなり強気に値切っている辺り、本当にやり手よね。

『あの……』

『はい？』

不意に声を掛けられて振り返れば、お盆を持って佇《たたず》む男の子がいた。

セイランさんと同じような髪色をしているということは、同じ国出身の子かもしれない。

年の頃はリズ達と同じくらいに見えるけど、船員さんだろうか？

お盆の上には湯気が立つマグカップが人数分載せられている。

どうしたのかと、マグカップから少年の顔に視線を移すと、はにかみながらマグカップに入った飲み物を勧めてくれた。

『倉庫の中は寒いですから、もしよろしければスープでも飲んで温まっていただければと』

『ありがとうございます！』

マグカップを受け取り、両手で包むと、じんわりと熱が伝わる。

温かさに口元を緩ませると、少年が自己紹介してくれた。

やはりセイランさんの船の船員さんで、しかも渡したポーションで難を逃れた人物だった。

こんなに若い子が足を切断する羽目にならなくて本当に良かった。

何度もお礼を言う彼に、頭を下げ続けるのを止《や》めてもらうのは一苦労だった。

一頻《ひとしき》りのお礼合戦が終了した頃にはマグカップから伝わる熱で掌《てのひら》も大分温まっていた。

熱々だったスープも飲み頃になっているだろう。

そして、スープに口を付けようとして、鼻先を掠《かす》めた香りに動きが止まった。

この匂い……。

薄暗い倉庫の中。

スープがどのような見た目をしているかは分かりにくいけど、この匂いには覚えがある。

期待に胸を躍らせながら、そっと口を付けると、懐かしい味がした。

ジンと鼻の奥が痺《しび》れ、口の端が震える。

溢《あふ》れそうになった涙を堪《こら》えて、もう一口飲んだ。

『僕、いえ、私の故郷のスープなのですが、お口に合いましたでしょうか？』

『はい。とても美味《おい》しいです』

「ジュードはどう？　口に合った？」

「うん。変わった風味がするけど、美味しいね」

『彼も美味しいと言っています』

『そうですか！』

ジュードの口にも合ったらしい。

二人揃《そろ》って美味しいと伝えれば、少年は満面の笑みで喜んでくれた。

「珍しい味だけど、何を使ってるんだい？」

ジュードの質問を少年に伝えると、はにかみながら教えてくれた。

『私の故郷で味噌《みそ》と呼ばれている調味料を使っているんです』

味噌汁。

こうして飲むのは本当に久しぶりだ。

涙腺《るいせん》を直撃するくらい、郷愁を感じるとは思わなかったけど。

簡単に作った物だから、故郷で飲む物はもっと美味しいんだと言う少年に、ジュードが感心したように相槌《あいづち》を返す。

少年が言う通り、日本で飲んでいた物に比べると、お湯に味噌を溶いただけのスープは物足りない。

けれども、久しぶりに飲んだ味噌汁は本当に美味しかった。

舞台裏

国王の執務室に扉をノックする音が響いた。

部屋の中にいた宰相が応えを返すと扉が開き、一人の青年が部屋に入って来た。

「特務師団所属、オスカー・ドゥンケル参りました」

「ご苦労。掛けたまえ」

執務室に入って来たのは、セイの商会で会長の補佐をしているオスカーだった。

薬用植物研究所でセイと対面した際は商人風の格好をしていたが、今は騎士服を着ている。

姿勢からして、研究所にいたときとは異なり、纏《まと》う雰囲気も騎士然としていた。

宰相の勧めに応じて、オスカーは国王の執務机の前まで進んだ。

「顔合わせは無事に済んだか？」

「はい。滞りなく。【聖女】様におかれましては、商会の立ち上げにも快く応じていただけました」

「そうか、それは良かった」

オスカーの報告に宰相は満足そうに頷《うなず》く。

今回、新しく設立された商会は、一見すると薬用植物研究所の所長であるヨハンの主導で立ち上げられたように見えた。

しかし、実際に主導したのは国王と宰相だ。

オスカーを始め、商会の人間は全て王宮関係者だったりする。

「フランツも商会に入ったんだったか？」

「会長を任せております」

「フランツがいるなら安心か」

宰相から商会の会長、フランツの名前を聞いた国王は重い荷を下ろしたように肩の力を抜いた。

国の頂点にいる二人が信頼を置くほどに、フランツの王家への忠誠心は厚く、その実力も折り紙付きだ。

フランツもまた、オスカーと同様に特務師団出身者だった。

ただ、オスカーが現役の特務師団員であるのに対し、フランツは既に引退した身である。

元は国王専属の諜報《ちょうほう》員だったフランツだが、その優秀さ故に、最終的に特務師団所属となった異色の経歴の持ち主である。

「フランツ以外にも戻ってきた者はいるのか？」

「はい。フランツ殿の呼び掛けで何人か商会に入りました」

国王からの問い掛けにオスカーが答える。

フランツ以外にも何人かの特務師団出身者や元関係者が商会に再就職していた。

いずれの者も王家への高い忠誠心と商会の実務を行うに足る能力を持っていることは、特務師団で確認済みだ。

このように、フランツやオスカーを始めとした王宮関係者ばかりの商会が設立されるまでになったのには理由がある。

セイが関係する商会を取り込もうとする者達が出てきたと、ヨハンから報告が上がったためだ。

セイが考案した化粧品は、貴族の御婦人方の間で非常に人気がある。

商会でも飛ぶように売れているのは国王達も知っている話だ。

その化粧品を取り扱っている商会が、ヨハンの実家、ヴァルデック家と懇意にしている商会であることも。

しかし、このことについて国王達がヴァルデック家に何かを言うことはなかった。

ヴァルデック家が【聖女】を利用しようとする野心を持っていないことや、利益が相応の割合でセイにも入るようになっていたからだ。

けれども、ヨハンの報告に上がった貴族家は違う。

どこもあからさまに野心を持っているような家ばかりだった。

今はヴァルデック家で対応できているが、近いうちに対応が難しくなるだろう。

そう予想した国王達は、まずは矛先を向けられている商会をどうにかすることにした。

実際に、王宮側が準備している間にヴァルデック家と他の家との話し合いは難航するようになったので、国王達の予想は正しかったと言えよう。

国王達は貴族達の目をヴァルデック家と懇意にしている商会から離すために、新しい商会を立ち上げることにした。

もちろん、貴族達から不満が出ないように、新しい商会のオーナーはセイにやってもらう。

商品のアイデアを出す本人がオーナーになるのは自然なことだ。

それに、国王と並び立つ身分の【聖女】の商会に、表立って手を出す貴族はいないだろうという目算もあった。

爵位や領地等、大げさな物を欲さないセイのことだ。

普通であれば商会のオーナーになるのも固辞していただろう。

しかし、自身がオーナーになることで、他の貴族が手を出しにくくなると言えば、渋々であっても引き受けてくれるに違いない。

王宮側がそう考えたのは正しく、セイはオーナーとなることを引き受けた。

商会の設立が決まり、次に議題に上るのは商会の従業員についてだ。

こちらも早々に方針が決まった。

元の商会に様々な貴族が接触を図ったこともあり、商会の従業員は全て王宮関係者で占められることになったのだ。

化粧品を筆頭に、セイが齎《もたら》す情報は王国内の経済に大きな影響を与える。

迂闊《うかつ》に他の貴族の手に情報が渡ると、どのようなことが起こるか分からない。

というか、起こしたくない。

そのため、商会の関係者を王宮側が選んだ者で占めることで情報の統制を図ることにした。

商会の従業員の中にもセイの護衛は紛れている。

ついでのようになってしまったが、それこそが本来の目的だ。

セイと接点があるところには、必ず護衛が紛れ込んでいる。

薬用植物研究所しかり、食堂しかり。

今までは商会との遣り取りをヨハンが行っていたが、今後はセイが中心となって行う。

そのため、商会にも護衛を紛れ込ませることになった。

「分かった。引き続き、【聖女】殿の護衛と、怪しい動きをしている者達を注視するように」

「畏《かしこ》まりました」

国王の言葉を受け、オスカーは一礼し、執務室を後にした。

扉が閉まり、オスカーの後ろ姿が見えなくなると、国王は深い溜息《ためいき》を吐《つ》いた。


セイが商会の設立を承諾してから、王宮側は素早く動いた。

拠点となる新たな店舗も決められ、フランツやオスカーも、開店に向けて走り回っていた。

「フランツさん、これ頼まれてたやつ」

「ありがとうございます」

店舗の二階にある会長室で、オスカーは王宮の文官から受け取って来た書類をフランツに渡した。

王宮からの書類は、商会を設立するにあたって必要な様々な許可証だった。

書類を受け取ったフランツは、内容に目を通す。

それを横目に、オスカーは応接セットのソファーに腰を下ろした。

「お客さんの動きはどうなんだい？」

「今はまだ様子見をされている方がほとんどのようですな」

「そっか」

オスカーの言う「お客さん」というのは元の商会に干渉してきた貴族達のことである。

どこからか話を聞いた者達は、既に商会へと探りを入れて来ていた。

まだできてもいない商会ではあるが、取り扱うのが今を時めく化粧品ということで注目を集めているようだ。

オーナーが【聖女】だということは積極的に喧伝《けんでん》していないが、少し探れば分かるようにはなっている。

それもあって、接触してきた多くの者は、そこで手を止めていた。

もっとも、例外となる者達もいる。

立ち上げ時の慌ただしい状況を狙って、機密情報を盗もうとしてきた者達だ。

当然のように、その企みはフランツによって阻まれ、逆にどこの手の者かを探られることとなった。

「おぉ、そうでした。こちらの書類をお渡しいただけますかな？」

王宮からの書類に目を通していたフランツが、今思い出したという風に執務机の鍵《かぎ》付きの引き出しから、書類の束を取り出した。

差し出された書類を受け取ったオスカーは、上から二、三枚にさっと目を通すと、呆《あき》れたように笑った。

「流石《さすが》、フランツさん。仕事が早いね」

「恐れ入ります」

オスカーが目を通した書類には、例外となった貴族達が行っている不正が箇条書きにされていた。

ご丁寧に、不正の証拠の隠し場所まで記載済みである。

引退したとはいえ、依然衰えていないフランツ達の手腕にオスカーは感嘆の声を上げた。

これで例外となった貴族達は排除することができるだろう。

そのためには、まずは証拠を押さえないといけないなと思いつつ、オスカーは書類を筒状に丸めた。

第三幕　外国の料理

思わぬ出来事があったものの、無事にお米を見つけることができた。

モルゲンハーフェンに来てから幾許《いくばく》もしないうちに見つけることができたので、王都に帰るまでまだ日にちがある。

その間に、他にも珍しい物がないか探すこともできたけど、それは止《や》めた。

セイランさんの船に積まれていた積荷の中から色々と見つけられたからだ。

探し出すのに時間が掛かるだろうと思って、半分諦《あきら》めていた香辛料の多くを見つけることができたのよね。

セイランさんからはポーションのお礼を言われたけど、こちらこそ五体投地でお礼を言いたい。

ならば、残りの旅程をどう過ごそうか？

そう考えたときに思いついたのは、手に入れた香辛料を使って料理を作ることだった。

セイランさん達が持ち込んだ香辛料を見るに、ザイデラの料理は元の世界の中華料理に近いのかもしれない。

今回の件で、簡単な中華料理なら作れそうな香辛料が揃《そろ》ったもの。

材料が揃ったのならば、次は食べたくなってしまったのは言うまでもない。

よし、作るか。

けれども、これにはジュードから待ったが掛かった。

もっとも、ジュードに止められるまでもなく、作れないんだけどね。

そもそも旅先でどうやって厨房《ちゅうぼう》を借りればいいのよ。

だから、お楽しみは暫《しばら》くお預けになるかに思えた……。

『お嬢さん、ザイデラの料理には興味があるかい？』

『あります！』

倉庫に連れて行ってもらった二日後、セイランさんが宿に訪ねてきて、料理に興味があるかと尋ねてきた。

もちろん、ある。

あるに決まっている。

即答すれば、セイランさん達が宿泊している宿で食事をしないかと誘われた。

その宿の食堂で、セイランさんの船の料理人さんが国元の料理を振る舞ってくれるらしい。

これもまた、ポーションのお礼の一環だそうだ。

何だか色々貰《もら》い過ぎな気がするのだけど、欲望には勝てない。

ジュードや護衛の騎士さん達の顔色を窺《うかが》えば、皆仕方ないなという風に苦笑いしている。

お許しは下りたようだ。

満面の笑みでセイランさん達の宿に伺うと伝えれば、セイランさんまで苦笑いしながら、宿の場所を教えてくれた。

苦笑いの訳は、感情が表情にだだ漏れだったせいだろうか？

えっと、ごめんなさい。

久しぶりの中華料理かもしれない料理を食べられる機会に、つい……。

「あれ？　お嬢様、どうしたの？」

セイランさんとは宿のエントランスホールで話していたのだけど、そこに外から戻ってきたオスカーさんがやって来た。

食事に誘われたのだと説明すれば、オスカーさんも外国の料理に興味があるらしく、一緒に行ってもいいかと尋ねてきた。

セイランさんは快く応じてくれた。

何だかんだで大人数で押しかけてしまうことになり、少々心苦しい。

うん、私にジュードにオスカーさん、それに騎士さん達も行くからね。

間違いなく、大人数だ。

さっきは苦笑いしていたくせに、ジュードと騎士さん達も外国の料理に関心があるらしい。

参加者が決まったところで、食事会の日にちをどうするかという話になった。

これだけ大人数になると、セイランさん達の準備も必要だろう。

滞在予定も考慮すると、二、三日後位が現実的だろうか。

そう思っていたのだけど、セイランさん曰《いわ》く今夜でも大丈夫らしい。

セイランさん達も大所帯なので、食材は多めに用意してあるから問題ないのだそうだ。

であるならば、早速今夜お邪魔させてもらおう。

『ようこそ、お嬢さん』

『お招きありがとうございます』

食事会は夜、けれども今は日が傾けどまだ明るい時刻。

少し早いけど、私達はセイランさん達が泊まる宿に到着した。

食事会よりも早く訪問することは、セイランさんにも了承をもらっている。

早めに伺ったのは、料理をしているところを見せてもらうためだ。

食事会にはどんな料理が出てくるのかと話をしているときに、料理をしているところも見に来るかとセイランさんが提案してくれたのよ。

話の最中に、うっかり作っているところも見てみたいと零してしまったばかりに、何だか申し訳ない。

料理人さんに確認を取らなくてもいいのかと心配になって聞いたけど、セイランさんは大丈夫だと言う。

本当にいいんだろうか?

宿に着いても不安なまま、厨房へと向かう。

『おい、ちょっといいか?』

『船長、どうした?』

『すまんが、料理しているところを見せてやってくれ』

『こちらのお嬢さんにか？』

『そうだ』

厨房の中に向かってセイランさんが声を掛けると、厨房の真ん中で指揮をしていた男性が入り口までやって来た。

セイランさんのお願いを聞いて、男性は怪訝《けげん》な顔でこちらを見る。

向けられた視線にお辞儀をすると、説明を求めるように男性の視線がセイランさんの方を向いた。

セイランさんが今夜の客だと紹介すると、合点がいったように目を丸くし破顔する。

『お嬢さんがポーションをくれた子か』

『あ、はい』

『お嬢さんなら歓迎だ。なんだ、料理に興味があるのかい？』

『はい。異国の料理がどのように作られるのか一度見てみたくて』

『そうか、ならこっちで見るといい』

料理人さんは先程まで厳しい表情で指揮をしていたのに、打って変わってにこやかに応対してくれた。

案内されるままに厨房に足を踏み入れ、作業の邪魔にならず、かつ周りが見渡せる場所に腰を落ち着ける。

そう、料理人さんが指揮をしていた場所だ。

流石に大人数では邪魔になるので、厨房に入るのは私とジュードだけにしたわ。

厨房はスランタニア王国で一般的な造りだった。

鍋《なべ》や包丁なんかも、普段目にしている物と変わらない。

しかし、置いてある調理器具の中には珍しい物もあった。

元の世界でお馴染《なじ》みの、蒸籠《せいろ》が竈《かまど》に並んでいたのよね。

私と同じようにジュードも驚いていた。

ジュードからすると見たこともない道具ばかりだからだろう。

蒸籠を指差して、あれは何かと聞いて来た。

調理方法に蒸すという概念がないので、説明が難しいわね。

食材を蒸気に当てるのだとスランタニア王国の言葉で説明していると、料理人さんが更に詳しく蒸し料理について説明してくれた。

私達の様子から話の内容を推測したようだ。

説明はもちろんセイランさん達の国の言葉で、だけどね。

それをジュードに通訳して説明した。

『あれは何を蒸してるんですか？』

『包子《パオズ》だよ』

『包子⁉』

『あぁ、こちらの国ではパンと言うんだったか？　包子はパン生地の中に具が入っている料理さ』

包子のことは、もちろん知っている。

肉饅《にくまん》や餡饅《あんまん》のことだ。

まさか包子があるとは思わなかったわ。

驚いて聞き返したのだけど、料理人さんはそれを質問と思ったらしく、どのような料理かを説明してくれた。

『具には挽肉《ひきにく》や野菜を炒《いた》めた物や、茹《ゆ》でた豆を潰《つぶ》した物を入れるんだ』

『色々な具材があるんですね』

『そうさ。中身次第で食事にもなるしおやつにもなるし、いい料理だよ』

『今日の包子には何が入ってるんですか？』

『今日は他の料理に合わせて、野菜を炒めた物が入っているよ』

今日の包子は野菜饅頭《まんじゅう》らしい。

日本の中華料理店で食べたことがあるけど、炒め油に胡麻油《ごまあぶら》が使われていて美味《おい》しかった。

他の料理に合わせてってことは、他にはこってりした料理が出てくるのかしら？

野菜饅頭は肉饅よりはあっさりしていたしね。

その後も、調理器具や料理、使われている食材についても説明を受け、その度にジュードへと通訳した。

中には知らない野菜なんかもあったりして、料理人さんの話はとても面白かった。

一通り話を聞いたら食事の時間になったので、慌ただしい厨房を後にして、食堂へと向かった。

厨房を後にする際には、説明をしてくれた料理人さんや、その他の人達にも見せてくれたお礼を丁重に伝えたわ。

忙しいところ本当に申し訳なかったけど、うろ覚えだった料理の作り方も聞けたので、非常に有意義な時間だった。

◆

食堂には丸いテーブルがいくつもあり、何人か毎《ごと》に分かれて座った。

私は一番奥のテーブルを勧められたので、ジュードやオスカーさんと一緒に席に着いた。

護衛として付いて来た騎士さん達は別のテーブルだ。

他のテーブルには見知らぬ顔の人もいる。

聞けば、船員の中でも位の高い人達だそうだ。

思ったよりも人が多い。

暫くすると飲み物が配られた。

こちらはワインのようだ。

異国のお酒は出ないらしい。

気になって隣のテーブルを見ると、騎士さん達にはエールが出ていた。

飲み物が行き渡ると、セイランさんが簡単に私のことを紹介してくれた。

ポーションの件《くだり》で船員さん達から好意的な視線を向けられ、何だか面映ゆい。

えっと、先に、先に行きましょう。

照れからセイランさんに先を促せば、乾杯の音頭が取られ、それに合わせて皆が杯を掲げた。

乾杯の後は、馴染みのある物ない物、様々な料理が食べる端から運ばれてきた。

目新しい料理を見て、ジュードや騎士さん達が歓声を上げる。

使われている調味料や香辛料、調理方法の種類のどれもが豊富だ。

ザイデラの食文化はかなり進んでいるわね。

今日は私達が招かれているということもあって、料理人さん達もいつもよりも豪勢な料理を用意してくれたようだ。

船員さん達のテーブルからも、すごいなとか、そんな声が上がっている。

大皿で運ばれて来た料理は、テーブルの横にいる給仕さんが取り分けてくれた。

口に含めば、独特な香辛料の香りが口に広がる。

これは八角の香りかな。

結構好き嫌いが分かれるのよねと思っていると、案の定、騎士さん達の間でも好き嫌いが分かれていた。

『いかがかな?』

『とても美味しいです』

ちなみに私は結構好きだ。

癖のある料理を咀嚼《そしゃく》していると、同じテーブルに着いているセイランさんから声を掛けられた。

私の回答にホッとしたように笑う辺り、セイランさんも八角の風味は好みが分かれることを知っていたようだ。

『我々には馴染み深いが、この国の人には苦手な人もいるから、口に合うか心配していたんだ』

『そのようですね』

賑《にぎ》やかな騎士さん達の方を見て、その後セイランさんと視線を合わせて、互いに苦笑いする。

オスカーさんも独特な風味に、僅《わず》かに表情を変えていた。

ジュードは平気なようだ。

流石《さすが》、薬用植物研究所の研究員だけある。

うちの研究員達は平気で薬草をそのまま口にするような人ばかりだしね。

さもあらん。

『こちらの国では素材の味を生かした料理が好まれているんだろう?』

『ええ』

『最近は薬草で香り付けをした料理もあるんですよ』

セイランさんの質問に頷《うなず》いていると、横からオスカーさんが口を挟んだ。

薬草で香り付けって、それって研究所の料理ですよね?

オスカーさんは商会に関する打ち合わせで、研究所によく来ていた。

そのときに食堂を利用して、虜《とりこ》になったみたいね。

一度食堂を利用してからは、打ち合わせがお昼に近い時間帯ばかり指定されたもの。

『薬草で？』

『はい。爽《さわ》やかな風味が癖になります』

『ほう。それは体にも良い物なのかな？』

『それは聞いたことがありませんね』

実際には効能はある。

ただ、どちらかといえば味優先で広まっていて、効能についてはあまり知られていない。

だから、オスカーさんも知らないのだろう。

『セイランさんの国には体にいい料理があるんですか？』

『体にいい料理というか、料理と健康は結びついているという考え方があるんだ』

セイランさんの言葉を受けて、医食同源という言葉が浮かんだ。

試しに尋ねてみると、期待していた答えが返ってきた。

思わず身を乗り出して、どんな考え方なのかを聞くと、昔聞いたような話が返ってくる。

もっとも、この考えは位の高い人達の間で広まっているもので、セイランさん自身は詳しい内容を知らないらしい。

そんな料理の話から、次は薬草に話題が移った。

薬草の話になると、私を介してだけどジュードも積極的に話に加わってきた。

セイランさんにとっては専門外の話だったけど、ザイデラの薬草について知っている限り教えてくれたわ。

途中、あまりにも専門的な内容に話が及ぶと、別のテーブルに座っていた船員さんを呼んでくれた。

その人は船医さんで、セイランさんよりも薬草に詳しいらしい。

話を聞くと、薬になるのは薬草だけではなくて、木の皮なんかも煎《せん》じて飲んだりするのだとか。

漢方か。

興味深く聞いていると、スランタニア王国の薬草についても質問されたので、分かる範囲で答えた。

ジュードも一緒になって答えていたら、随分と詳しいって言われちゃったわ。

ジュードがポーション関係の仕事に就いているって話したら、納得してくれたけど。

『ポーション関係っていうと、お嬢さんがくれたポーションは彼から?』

『いえ……、あれは本当に父が用意してくれた物なので、出所は分からないんですよ』

危ない、危ない。

ヒヤッとしつつ、セイランさんの質問に答える。

ジュードもマズイと思ったのか、微妙に笑顔が凍り付いていた。

すぐにセイランさんが引き下がってくれたから良かったけど。

『あのポーションのことが気になりますか?』

『それはもちろん』

『そうですか。そちらの国も薬草学については随分と発展しているようですし、同様の物はあるのでは？』

『どうだろうな。あれほどの効果がある物となると、かなり身分の高い者でないと、あるのかどうかすら知らないだろうな』

話は終わったと胸を撫《な》で下ろせば、今度はオスカーさんがセイランさんに尋ねた。

二人の会話を聞いて、内心頭を抱える。

結果としては渡して良かったと思うけど、どうしてもやらかしてしまった気がしてならない。

いや、やらかしているんだろう。

これ以上、ボロを出さないためにも、この辺りでポーションの話は終わらせたい。

そんな気持ちは届いたようで、話題は変わり船上生活の話になった。

話には聞いていたけど、やはり色々と大変らしい。

『……というわけで、船上の食事というのは酷《ひど》い物なんだ』

『大変なんですね』

船上の食事情については、あまりの悲惨さに涙を禁じ得ない。

話を聞いていて、演技でもなく、悲しい表情を浮かべてしまった。

食文化が進んでいても、長い航海に耐えうる保存食というのは決まりきった物になるようだ。

乾燥している物や塩漬けになった物等、長く保存できる物がほとんど。

生野菜や果物は腐りやすいので、積んでも早めに使い切ってしまうのだとか。

この国の保存食で何か良い物を知っていたら教えて欲しいと言われたのだけど、ジュードもオスカーさんも知らないようだ。

ジュードはともかく、物知りっぽいオスカーさんも知らないのであれば、先程話題に上った保存食以外にないのだろう。

保存食か。

元の世界で、長旅の際に船に載せられたという保存食を思い出す。

さっき聞いた保存食より味はマシかしら？

あれの味については諸説色々とあったのよね。

そんなことを考えていると、私の表情に気づいたセイランさんが話を振ってきた。

『お嬢さん、何か思い浮かんだのかい？』

『そうですね、味の保証はできないんですけど……』

作ったことがないので、どのような味の物ができるか分からない。

しかし、そう伝えてもセイランさんは興味があるようで、良かったら一度作ってくれないかと言ってきた。

作り方は簡単なので一応覚えている。

後は材料が手に入るかどうかだ。

取り敢えず、明日市場を見て回って、材料があったら作ってみよう。

そうして、材料が手に入るならという条件付きで、セイランさんの要請に応えたのだった。

◆

食事会の翌日。

早朝からジュードと一緒に市場に向かった。

朝市には近隣で育てられている野菜が売り出される。

店先に並ぶ採れたての野菜は瑞々《みずみず》しく、朝日を浴びて輝いていた。

昨日材料が揃《そろ》ったらという条件でセイランさんの依頼を受けたけど、果たして市場にあるだろうか？

その日に採れた物だけが並ぶので、並んでいない場合もあるのだ。

少し不安に思いながら、お店を見て回ると、目的のものであるキャベツを見つけた。

良かった、今日はあったようだ。

庶民にも一般的な野菜を手に取ると、ジュードが不思議そうに聞いてくる。

「キャベツを保存食にするの？」

「そうよ」

今日作るのはザワークラウトだ。

スランタニア王国ではキャベツといえばスープの具というのが一般的で、ジュードからしてみると保存食になるとは思えないらしい。

首を傾げるジュードをよそに、お店の人に声を掛けた。

保存食にすると嵩《かさ》が減るから、キャベツは多めに購入する。

それから塩とローリエ、小さな木樽《きだる》も買った。

購入品はセイランさんが泊まる宿へと運んでもらうよう、それぞれのお店でお願いした。

セイランさんの宿へと運んでもらうのは、そちらで保存食作りをするからだ。

買い物が終われば、その足でセイランさんの宿へと向かった。

丁度朝食が終わったところらしく、いいタイミングだったようだ。

宿へ到着すると、入り口でセイランさんが待っていてくれた。

『おはようございます』

『おはよう。材料は揃ったのかな?』

『はい』

『それは重畳《ちょうじょう》。じゃあ、厨房《ちゅうぼう》に行こうか』

セイランさんに軽く挨拶《あいさつ》をして厨房に行くと、朝市で購入した物の他に、いくつかの香辛料も用意されていた。

これらの香辛料は、セイランさん達の積荷にあった物で、昨日のうちに保存食を作るのに必要だと伝えておいた物だ。

うん、お願いしていた物はちゃんと揃っているわね。

材料を確認してから、料理人さん達に向き直り、作り方を教えた。

私は教えるだけで、実際に作るのは料理人さん達だ。

『このキャベツを全て千切りにすればよろしいですか？』

『はい、お願いします』

結構な量のキャベツがあったのだけど、手分けをすればあっという間に終わる。

流石、本職。

切るのも速い。

キャベツを切っている間に、保存容器の準備も進める。

流しに木樽を置いて、沸かしておいた熱湯を注ぐ。

そのまま暫く放置だ。

ガラス瓶であれば鍋《なべ》に入れて簡単に煮沸消毒ができるのだけど、木樽は大き過ぎて鍋に入らなかったので、この方法で消毒した。

「消毒してるの？」

「ええ。消毒しておいた方が、中の食品が腐りにくいのよ」

「そうなんだ」

消毒の概念については、研究所の面々は既に学習済みだ。

講師は私。

自然科学については元の世界の方が進んでいたからね。

何か新しいことを言うと、研究所の人達に根掘り葉掘り聞かれて、結局皆に講義する羽目になることがよくあったのだ。

閑話休題。

そのお陰で、容器を消毒した方がいいというのは、ジュードもなんとなく理解できたようだ。

少しして、木樽のお湯を捨てていると、いつかの研究員さん達と同じように、料理人さん達からも質問された。

消毒の概念については触れなかったけど、こうした方が腐りにくいのだということを伝えると、感心されたわ。

ザイデラにもキャベツではないけど似たような保存食があるらしく、今度その料理を作る際にも試してみると言っていた。

是非、有効活用してください。

そうこうしている間に、キャベツの千切りも終わったので、次の工程に移った。

千切りしたキャベツは塩を塗《まぶ》して水分が出るまで揉《も》み、用意した香辛料と混ぜ合わせる。

その後、滲《にじ》み出てきた水分も一緒に木樽に詰めれば、作業は完了だ。

『隙間ができないように押し込んでください』

『こうですか？』

『ええ、その調子です』

隙間がないようにキャベツを木樽に押し込む。

こうすることによって、発酵に不要な細菌が繁殖することも防げるそうだ。

かつて見たレシピに、そんなことが書いてあった。

『これで終わりなのか？』

『はい。後は冷暗所で寝かせれば完成です』

残しておいたキャベツの一番外側の葉を上に乗せて、重石も乗せたところで、セイランさんに声を掛けられた。

四～六週間発酵させるという話も聞いたことがあるけど、初めて作ったので、そこまで置いてしまっていいものかが分からない。

いつまで食べられるのかは分からないので、様子見しながら食べて欲しいと伝えた。

ちなみに、味の保証はしない。

初めて作ったから分からないし、元の世界では、美味《おい》しいとも美味しくないとも諸説あったからね。

それも合わせて伝えたら、セイランさんは苦笑いしながら了承してくれた。

『思ったよりも簡単に作れるんだな』

『そうですね。すみません、一つしか思い付かなくて』

『いや、一つでも船上の食事の種類が増えたんだ。ありがたい』

セイランさんの国の料理以外で、保存食を考えたら、ザワークラウトしか思い浮かばなかった。

後は野菜の酢漬けや味噌《みそ》漬けが思い浮かんだけど、これは既にありそうだったので提案しなかった。

あれだけ食文化が発展している国だし、ないってことはないだろう。

『しかし、野菜か……。盲点だったな』

『盲点ですか？』

作業が一段落した後、セイランさんの「少し休んでいくといい」というお言葉に甘えて、お茶をご馳走《ちそう》になることになった。

食堂で椅子に座ってほっとしていると、セイランさんがポツリと零した。

『あぁ。船に野菜を載せると言えば生野菜ばかりが浮かんでしまって、塩漬けした物を載せようとは考えなかったんだ』

『料理人さんが仰っていましたが、違う野菜の塩漬け料理があるそうですね』

『そうだ。あれを積んでも良かったなと、お嬢さんの料理を見て、思ったよ』

セイランさんの言葉に笑みを返す。

大したことではないけど、お役に立てたようで嬉《うれ》しい。

『あのキャベツの漬物はスランタニア王国で食べられている物なのか？』

『いいえ。以前読んだ本に書いてあった外国の料理になります』

『それで、作ったことがないと……』

『はい』

外国は外国でも、この世界の国ではありませんけどね。

心の中でそう思いつつ、困ったときの本頼みで、全ては本で読んだことがあるということにしておいた。

セイランさんから「読書家なんだな」というお言葉をいただいた際には、背中に冷や汗が流れたわ。

話が一区切りしたところで、お茶会はお開きとなった。

セイランさんに改めて昨日の宴会のお礼を伝えて、自分の宿に戻る。

ザワークラウトの出来栄えについては、また今度教えてくれると言っていたけど、次に会う機会があるのかしら？

商会の方でお米や味噌《みそ》の遣り取りがあるから、そのときに会えるかもしれないか。

うーん、王都でも作ってみようかな？

美味しくできたら、魔物の討伐のときに持って行ってもいいかもしれない。

第四幕　和食

モルゲンハーフェンから戻って一週間。

戻ってきてからは、旅行に出掛ける前と同じように、研究所で仕事に明け暮れていた。

黒い沼について文官さんに問い合わせてみたけど、今のところ見つかっていないらしい。

それ故《ゆえ》に、【聖女】の出番はなく、平和な時間を過ごしていた。

時間に余裕があるならば、次にやることは決まっている。

和食を作るのだ。

そう心に決めて、休暇中に溜《た》まっていた研究所の仕事を只管《ひたすら》消化した。

そして、仕事が一段落した日の午後。

遂《つい》にそのときが来た。

「いよいよ作るのか？」

「はい！」

研究所の厨房《ちゅうぼう》で準備をしていると、所長がやって来た。

相変わらず、新作料理に目敏《めざと》い。

満面の笑みで返事をすると、興味深そうに手元を覗《のぞ》き込んできた。

「それが探していたという米か？」

「はい。日本では主食だったんですよ」

目の前には、籠《かご》に入った白いお米が鎮座していた。

ちょうど、量り終わったところで、これから研ぐところだ。

「まだ暫《しばら》く掛かりますよ」

「そうなのか？」

「はい、研ぎ終わった後に、暫く浸水させますから」

お米を研ぎながら、この後の手順を説明する。

この位の時間に炊き始めると伝えると、また後で来ると言い残して、所長は仕事に戻った。

後ろ姿を見送りながら、少しだけ申し訳ない気持ちになる。

何故《なぜ》ならば、今回は上手《うま》く作れるか自信がないから。

モルゲンハーフェンにいる間に、セイランさんのところの料理人さんに炊き方は習ったんだけどね。

それでも日本にいたときとは色々と勝手が違うから、不安なのよ。

何せ、日本にいた頃《ころ》は、ご飯を炊くのはいつも炊飯器。

お鍋《なべ》で炊いたのなんて一、二回しかなかったもの。

できれば、ちゃんと成功してから食べて欲しかったんだけど、見つかったからには仕方がない。

成功することを祈りつつ、頑張りますか。

浸水が終わった後、鍋にお米と適量の水を注ぎ、火にかける。

この一年で火加減の腕が上達したとはいえ、まだまだだ。

料理人さん達に手伝ってもらいながら、何とか炊いていく。

「匂《にお》いがして来たな」

「はい。もう少しで出来上がると思います」

いつの間にか戻って来ていた所長に返事をする。

時計がないから、炊き上がったかどうかは耳と匂いが頼りだ。

ふと周りを見回すと、所長に加えて、ジュードと料理人さん達もジッとこちらを見ていた。

ジュードも来ていたのね。

さて、そろそろだろうか。

皆が皆、お鍋に集中しているのが、何だかおかしい。

笑いを噛《か》み殺しつつ、私もお鍋に集中することにした。

少しだけ火の勢いを強めて、鍋からの音を聞く。

パチパチと音が聞こえたので、鍋を火から外した。

後は蒸らすだけだ。

「できたのか?」

「まだです。蒸らさないといけないので」

「そうなのか」

「そんな、がっかりしないでください。今のうちにもう一品作りますから」

もう一品の一言に、所長の表情が輝く。

それに苦笑を返して、次の料理に取り掛かった。

次に作るのはお味噌汁《みそしる》だ。

スープを作るときと同じように野菜を切る。

味噌汁のいいところは、具材をあまり選ばないところよね。

具材が制限されている今、洋風の具でも何とかなるのが、ありがたい。

「スープを作るの？」

「えぇ。味噌を使ってね」

「倉庫で飲んだやつ？」

「そうそう。あれは簡易版だったのよ」

「そうなの？」

「故郷ではお湯ではなくて、出汁《だし》に味噌を溶いていたし、具も入ってたわ」

「へぇ」

尋ねてきたジュードに答えると、感心したような声が返ってくる。

あのときに飲んだ味噌汁は、お湯に味噌を溶いただけだったので、少々物足りない。

せっかく作るのであれば、少しでも故郷の味に近づけたい。

そこで、モルゲンハーフェンで買ってきた小魚の干物で出汁を取ることにした。

料理人さんにお願いして、出汁はお米を炊いている間に取った。

見慣れない小魚ではあったけど、いい出汁が取れたわ。

そうして味噌汁が出来上がったので、いよいよご飯を確認することになった。

ドキドキしながら鍋の蓋《ふた》を取ると、フワリといい匂いが広がった。

特急で作ってもらったしゃもじでご飯を混ぜると、底の方にはほんのりお焦げが出来ていた。

味見をすると、少しだけ柔らかかったけど、これなら成功している部類だろう。

久しぶりの甘さに、ジーンとしてしまったのは内緒。

ニンマリと笑えば、料理人さん達から歓声が上がった。

「うまくいったのか?」

「ちょっと柔らか過ぎる気はしますが」

「その表情なら問題はなさそうだな」

期待増し増しで笑う所長を、ジュードと一緒に食堂の方に促す。

料理人さん達と一緒に、急いで配膳《はいぜん》を済ませて、私も食堂へと移動した。

既《すで》に口にしている人達が騒がしい中、席に着いて、改めてご飯と味噌汁を眺める。

お椀《わん》がなかったので、ご飯は平皿、お味噌汁はスープカップに入れられている。

けれども、酷《ひど》く感慨深かった。

漸《ようや》く食べられる。

味見で口にしているとはいえ、こうしてきちんと食べるとなると、そういう思いが湧《わ》き上がった。

「美味《おい》しい……」

口に含んだご飯を噛《か》み締めると、ご飯の甘さがジンワリと口に広がる。

思わず感想を漏《も》らせば、対面に座っている所長が優しく笑った。

「良かったな」

「はい」

感慨に浸りつつ、次は味噌汁に手を伸ばす。

一口飲むと、出汁の香りが鼻に抜けた。

その後、味噌の味が通り過ぎて、ほぅっと口から溜息《ためいき》が溢《あふ》れる。

あー、沁《し》みるわー。

「これが味噌汁？」

「そうよ」

「モルゲンハーフェンで飲んだのと全然違う！」

お味噌汁にほっこりしていると、ジュードが驚いたように訊《き》いてきた。

やはり出汁というのは偉大だったようで、モルゲンハーフェンで飲んだ物とは随分と違って感じたらしい。

「そんなに違うのか？」

「はい。あちらで飲んだ物は、もっと尖《とが》った味だったというか」

「そうね。モルゲンハーフェンで飲んだのは味噌をお湯に溶いただけの物だったから、純粋な味噌の味だけだったと思うわ」

「これは違うの？」

「これは出汁に味噌を溶いているし、野菜の味も出てるから」

「それで甘く感じるのかな？」

「そうだと思う」

「出汁に味噌を溶いただけの物も飲んでみたいな」

「後で作る？」

著しい違いがあるってことなんだろうけど、こんなにジュードが食い付いてくるのも珍しい。

後で出汁の有無や具の有無での味の変化を確認してみるかと問えば、笑顔と共に首肯された。

もちろん、所長も参加するようだ。

そうして暫く話していると、ふと気付いたように所長が口を開いた。

「米と味噌にも何か効果があるのか？」

「効果ですか？」

「あぁ。最大ＨＰの増加とか」

「料理の効果ですね。どうなんでしょう？」

料理スキルのある人が作った料理には、何かしらの効果が付くことがある。

今日の料理は私が作ったので、もし効果があるならば顕著に出るはずだ。

所長の言葉を受けて、周りに座っていた人達が一様にステータスを開く。

「ぱっと見、何も付いてなさそうですね」

「ほんとだ」

「そうか、薬膳《やくぜん》があるセイの故郷の食べ物なら、何かしら付いてるかと思ったんだが」

残念そうな所長に、私も同意する。

味噌なんて健康にいいって言われていた食品だ。

効果が付いていないって方が信じられない。

もしかしたら、物理攻撃力増加やＨＰ自然回復量増加等のステータスには表れにくい効果なのかもしれない。

所長もその可能性に思い当たったらしく、継続して調べることになった。

お米や味噌はセイランさん達からそれなりの量を購入したけど、調査するとなると少し心許《こころもと》ない。

少ない材料で調査を行うには、どうしたらいいかしら？

効率的な調査手順を考えつつ、残りのご飯を口に含んだ。

◆

「こんにちは！」

「いらっしゃい、アイラちゃん」

研究所でご飯が炊けるようになった数日後。

時刻はお昼時。

研究所にアイラちゃんがやって来た。

今日はお米を使った料理を作る予定なので、ランチに誘ったのだ。

ご飯が食べられると聞いたアイラちゃんは、即座に頷《うなず》いてくれたわ。

初回に炊いたご飯は、その日の夜にアイラちゃんにも届けた。

宮廷魔道師団の宿舎へと届けに行ったのは、おむすびと味噌汁《みそしる》。

渡したバスケットを不思議そうに見ていたアイラちゃんは、バスケットに掛けられた布を外した途端に、大きく目を見開いた。

そのまま、驚いた表情で私を見るから、よかったら一緒に食べないかって誘ったのよ。

そして、アイラちゃんの部屋で、一緒におむすびと味噌汁を食べた。

遠い故郷のことを話しながら食べたのだけど、味見したときよりも、しょっぱく感じた。

「今日のメニューは何ですか？」

「今日は混ぜ寿司よ」

「お寿司⁉　え？　できるんですか？」

「お酢が米酢じゃないから少し風味が違うんだけどね」

「それでも楽しみです！」

嬉《うれ》しそうに笑うアイラちゃんと一緒に、食堂へと向かう。

アイラちゃんに伝えた通り、今日のメニューはちらし寿司だ。

米酢の代わりにワインビネガーを使っているので、期待していた風味ではない。

けれども、悪くない物ができたんじゃないかとは思う。

具は、牛蒡《ごぼう》とニンジン、モルゲンハーフェンから買ってきた白身魚の干物だ。

上に載せる錦糸卵《きんしたまご》も忘れてはいけないわね。

ちなみに、牛蒡は所長が育てている薬草畑から分けてもらった物だったりする。

外国から入ってきた薬草ってことで、所長が育てていたのよ。

気付いたのは去年の今頃《いまごろ》だったかな？

収穫された牛蒡を見て驚いた。

日本では野菜として食べていたって伝えたら、所長の方が驚いていたけど。

お米と味噌が見つかったし、来年から食材として少し多めに育ててもらえないか、所長にお願いしてみようかな？

食堂でテーブルに着席すると、料理人さんがにこやかに料理を運んで来てくれた。

好奇心旺盛《おうせい》な料理人さん達は、新しい食材であるお米を作った料理を知る機会が出来て、とても機嫌がいい。

混ぜ寿司と味噌汁を前に、アイラちゃんの目も輝いた。

待ち切れないようだったので、すぐにいただきますと挨拶《あいさつ》をする。

「こういうお寿司って、小さい頃《ころ》食べて以来です」

「そうなの？」

「はい。雛祭《ひなまつ》りのときに、母がお店で買ってきてくれて。小学校一、二年生くらいまででしたけど」

「あー、うちも雛祭りのときに祖母が作ってくれたわね。雛祭り以外の時にも偶《たま》に作ってくれたかな」

アイラちゃんと話しながら、祖母のことを思い出して、ちょっと涙腺《るいせん》にきた。

いかん、いかん。

落ち着こう。

周りに分からないように深呼吸をして、気を落ち着かせる。

涙が引っ込んだところで、スープカップを持ち上げた。

祖母が作ってくれたときは、大抵お吸い物が付いていたのだけど、今日付いているのは味噌汁だ。

塩だけでもお吸い物は作れそうだけど、醤油《しょうゆ》がないと物足りない気がしてね。

醤油さえあれば再現はできるんだけど。

味噌があるなら、醤油もありそうよね。

ザイデラにないか、後でオスカーさんにでもお願いして探してもらおう。

「美味《おい》しかったです！」

「良かった」

しっかりと完食してくれた後、アイラちゃんは弾《はじ》ける笑顔でお礼を言ってくれた。

寿司酢に使ったワインビネガーに一抹の不安はあったけど、問題なかったようだ。

アイラちゃんはこの後も仕事があるというので、おやつにどうぞとパウンドケーキを渡して、別れた。

パウンドケーキは宮廷魔道師団の人達に人気らしい。

取り合いになりそうだと言われたので、数本まとめて渡しておいた。

アイラちゃんは恐縮していたけど、大丈夫よ。

パウンドケーキはいつも多めに作ってあるもの。

そして翌日。

研究所に思わぬ客が来た。

「どうされたんですか？」

「少しお伺いしたいことがありまして」

始業時間すぐのこと、師団長様が訪れた。

その後ろには、困った表情をしたアイラちゃんもいる。

朝からの麗しい笑顔で佇《たたず》む師団長様にたじろぐ。

一体どうしたというんだろう？

取り敢《あ》えず、入り口で立ち話もなんなので、応接室へと案内した。

「昨日《きのう》、アイラ殿が食べた料理についてお伺いしたくて参りました」

「昨日の料理というと、混ぜ寿司と味噌汁のことでしょうか？」

「そうです！　そちらの料理を私も食べてみたいのですが、用意していただけないでしょうか？」

応接室のソファーに腰掛けるなり、師団長様は話し始めた。

何というか、師団長様の笑顔の圧が強い。

説明を求めてアイラちゃんに視線を送ると、アイラちゃんもよく分からないようで首を横に振られた。

けれども、状況の説明はしてくれた。

昨日、宮廷魔道師団の隊舎に戻ってから、魔法の訓練をしていたそうだ。

そこへ訓練の様子を見に、通りかかった師団長様。

暫《しばら》くはアイラちゃんが魔法を使っているところを見ていたらしいのだけど、そのうち変なことを聞いて来たんだとか。

今日は何か変わったことをしたり、されたりしなかったかという問いに、アイラちゃんは研究所の食堂で昼食を取ったことを話したらしい。

なるほど。

恐らく昨日食べた料理のどちらかに、師団長様の興味を引いてしまう効果があるのだろう。

師団長様の様子を見れば、十中八九、魔法に関わる効果だということが分かる。

丁度、お米や味噌を使った料理の効果を調査しようと思っていたところだし、師団長様に実験に協力してもらうのもいいかもしれない。

「用意するのは構わないのですが、実はお願いしたいことがありまして」

「何でしょうか？」

「すみません、その前に所長の許可を貰《もら》って来てもいいですか？」

「分かりました。私も一緒に行きましょう」

言うや否や、師団長様は立ち上がる。

余程、昨日の料理が食べたいらしい。

取り敢えず、許可はすぐに貰えると思うからと、何とか押し留《とど》めて応接室を後にした。

何も言わなかったけど、あの様子では私が戻って来るまで応接室にいるだろう。

急ぎ足で所長室に向かい、ドアをノックする。

応答の声が聞こえたのでドアを開けると、驚いたように所長がこちらを見ていた。

「そんなに急いで、どうした？」

「すみません、ちょっと許可をいただきたくて」

ドアを開けるタイミングが早かったらしい。

心配そうな顔をする所長に、師団長様から料理を食べたいと言われていること、そして料理の効果の調査に協力して貰おうかと思っていること等を伝えた。

「そうか、ドレヴェス殿が……」

「はい。料理の効果は間違いなく魔法に関する物だと思われるので、今回は師団長様に協力していただいた方がいいかと思います」

「そうだなぁ」

「材料となるお米や味噌も在庫が少ないので、師団長様に協力してもらった方が消費が少ないかな

「魔法に関することであれば、彼の目は確かだからな。いいだろう」

と思いまして」

そう、師団長様に協力してもらいたいのにも理由がある。

今回の料理の材料は在庫が少なく、しかも手に入りにくい。

自分やアイラちゃんのためにも、できれば和食の材料は残しておきたい気持ちが強い。

調査も大事だとは思うんだけどね。

それで、今回の調査は少数精鋭で行いたかったのだ。

それには、魔法のことに詳しい師団長様に協力してもらうのが一番だと思う。

後は師団長様に宮廷魔道師団から適任な人を数人選んでもらおう。

所長の許可が貰えたので応接室に取って返す。

部屋に入った途端に、「いかがでしたか?」と笑顔の圧も強く師団長様に問い掛けられた。

どれだけ料理が食べたいんだ、この人。

少し引きつつも、所長の許可が取れたと伝えれば、師団長様の笑みが深くなる。

師団長様の隣を見ると、アイラちゃんもホッとしていて、視線が合ったところで同時に苦笑した。

それから、師団長様に協力して欲しいこと、すなわち料理の効果を調査するのに協力して欲しいと伝えれば、快く請け合ってくれた。

二つ返事だった。

ふと気になったので、インテリ眼鏡様にも伝えた方がいいかと問い掛けたところ、そちらへの連絡はアイラちゃんが請け負ってくれた。

よろしくお願いします。

まぁ、宮廷魔道師団のトップがいいって言っているんだから、インテリ眼鏡様に止められることはないだろう。

多分、……多分。

◆

師団長様が研究所に来てから三日後、混ぜ寿司と味噌汁の調査が始まった。

連絡が来たときは驚いた。

師団長様が帰ったその日に連絡が来たのよ。

しかも、調査は三日後にと言われて、異例の早さにどれだけ師団長様が楽しみにしていたのかが良く分かる。

そして、どれだけインテリ眼鏡様が大変だったのかも……。

目の前の、深い皺《しわ》の寄った表情を見れば一目瞭然《いちもくりょうぜん》だ。

「……今日はよろしくお願いします」

「もちろんです！　私も楽しみにしていました」

宮廷魔道師団から来たのは師団長様、インテリ眼鏡様、他三名。

インテリ眼鏡様のご機嫌を伺いつつ、恐る恐る挨拶《あいさつ》をすれば、麗しい笑顔の師団長様がすこぶる機嫌良く返してくれた。

うん、まぁ師団長様が代表だものね。

一応……。

インテリ眼鏡様はというと、深～い溜息《ためいき》の後、「こちらこそ」と小さく呟《つぶや》いてくれた。

宮廷魔道師団の人達を食堂に案内しながら、話を聞くと、今日来てくれたのは宮廷魔道師団のトップ5の人達だった。

トップ5って……、それぞれ皆様非常にお忙しいのでは？

「えっと、皆様お忙しかったのでは？」

「大丈夫ですよ」

驚いて確認すれば、何てことない風に師団長様は返事をする。

インテリ眼鏡様の溜息と、他の三人の人達の苦笑いを見れば、調整が大変だったんだろうことが窺《うかが》えた。

材料が少ないから、料理の効果に気付きやすい人を師団長様にお願いしていたけど、とばっちりを食わせてしまったようだ。

大変申し訳ない。

「少し酸味のある料理です。食べ終わったら何かステータスに変化がないか確認してみてください」

「分かりました」

「はい」

宮廷魔道師団の人達を食堂に案内すると、席に着いたところで、従僕さん達が料理を運んで来てくれた。

今日試食してもらうのは混ぜ寿司のみだ。

一度に寿司と味噌汁《みそしる》の両方を出した場合、効果が判明しても、どちらの効果なのかが分からなくなるからね。

宮廷魔道師さん達は並べられた混ぜ寿司を物珍しそうに見ていたので、簡単に料理の説明をする。

ビネガーを使った料理になるので、念のため、酸味があることを伝えた。

知らずに口に入れて、腐っていると思われたら困るからね。

それが功を奏したのか、珍しい味だというくらいで忌避感を抱く人はいなかった。

「変わった味ですが、嫌いではないですね」

「そうですね。特にこの白い粒は初めて食べました。何という食べ物なのですか？」

「白い粒は米と言いまして、外国の穀物になります」

「外国のですか」

宮廷魔道師さん三人には割合高評価だ。

インテリ眼鏡様は無表情のため、よく分からない。

黙々と食べているけど、眉間《みけん》に皺が寄っていないから、苦手な味ではないと思う。

師団長様はと言うと……。

「セイ様が考案した料理はどれもですが、今回の料理も美味《おい》しいですね。これなら毎日食べられそうです」

「そ、そうですか。恐縮です」

ニコニコと笑みを浮かべていた。

毎日食べられますか。

残念ながら、毎日提供できるほど材料が手に入らないんですけどね。

しかし、今それを言っても仕方がない。

材料の入手難易度については黙っておいて、聞きたかったことを聞くことにした。

「それで、何か、ステータスとか変わりましたか?」

「そうですね、『ステータス』。……、ステータス上は変わりがありませんね」

師団長様をはじめとして、誰もステータスに変化はなかった。

うーん、そうなると師団長様の興味を引いた効果が付くのは味噌汁の方になるのかな?

考え込んでいると、師団長様が席を立ち上がり、外に向かった。

「え?　どうしたんですか?」

「ちょっと外で試したいことがありまして」

「外でですか?」

「ええ、ここでは後始末が大変ですから」

そう言うと、師団長様はさっさと外に出てしまう。

皆呆気《あっけ》に取られていたけれど、すぐに再起動し、慌てて後を追った。

師団長様は外に出てすぐのところで立っていて、何か魔法を発動させようとしていた。

そうして、一緒に追ってきたインテリ眼鏡様が止める間も無く、魔法が発動する。

空に打ち上げられた水球が空中で破裂し、辺り一面に水滴が降り注ぐ。

魔法は薬草畑の水遣《みずや》りの際にジュードがよく使う水属性魔法だった。

ただ、水球の打ち上がる高さはジュードのときよりも高く、水滴が落ちる範囲も広い。

「えっと……」

「やはり、思った通りですね。魔法攻撃力が上がっています」

「え？」

師団長様はそう言うと、とても嬉《うれ》しそうな顔で振り向いた。

もう少し検証をしたいと言うことで、急いで宮廷魔道師団の訓練場に向かう。

正確に言うと、その場で検証を始めようとした師団長様をインテリ眼鏡様が引きずって行った。

師団長様を止めてくださり、ありがとうございます。

薬草畑に被害が出なくて良かったです。

食堂の後片付けを従僕さん達にお願いし、宮廷魔道師団に移動した。

訓練場に着いてからの師団長様は、それはもうすごかった。

次々に発動する魔法を見て、研究所では手加減をしてくれていたことを知る。

師団長様以外の魔道師さん達もそれぞれ得意な魔法を発動させ、料理の効果を確かめていた。

「『アイスアロー』」

インテリ眼鏡様が魔法を使うところを見るのは初めてだ。

かなり遠くにある的の真ん中を、氷の矢が正確に撃ち抜く。

それも何度も。

すごいなぁと思っているのは私だけではなかったようで、周りからも感嘆の声が上がる。

周りを見回せば、いつの間にか訓練場には多くの魔道師さんが集まっていた。

近くにいる魔道師さんに聞けば、トップ5が一度に揃《そろ》って訓練場にいるのも、ましてや魔法を発動させているところが見られるのも珍しいらしい。

それで隊舎にいた人達が皆集まって来たんだそうだ。

「魔法命中率も上がっているようだ」

「そうなんですか？」

「普段であれば、もう少し着弾点にズレが生じるのだが」

暫《しばら》く『アイスアロー』を発動させていたインテリ眼鏡様はこちらにやって来ると、徐《おもむろ》に口を開いた。

着弾点がズレると言われて、先程の的を見れば、跡が付いているのは真ん中だけだった。

跡の大きさもそれほど大きくないことから、何度も射出された氷の矢はほぼ全《すべ》て真ん中を撃ち抜いていたことが分かる。

制御に自信があるとは言え、普段はあれ程収束することはないと、インテリ眼鏡様は教えてくれた。

「魔法攻撃力の方はいかがでしたか？　師団長様は上がるようなことを仰《おっしゃ》ってましたけど」

「そちらも上がっているのは間違いないな」

魔法攻撃力の高さは発動させる魔法の威力や大きさに影響を与える。

研究所で師団長様が発動させた魔法では、水滴が落ちる範囲が広がったのがそうだ。

同じ量の魔力を使った場合、普段であればもう少し範囲が狭いらしい。

今回のインテリ眼鏡様の魔法では、普段より少ない魔力で普段と同程度の魔法が発動できたのだとか。

それで魔法攻撃力が上昇していることを確認したそうだ。

師団長様とインテリ眼鏡様の二人が確認したことから、混ぜ寿司に魔法攻撃力と魔法命中率の上昇の効果があるのはほぼ確定だろう。

調査として他《ほか》の三人にも魔法攻撃力と魔法命中率が上昇しているかを確認してもらう。

そして予想通り、三人もその二つが上昇していることを確認できた。

念のため、他に何か効果はないかと調べてもらったけど、やはりその二つだけだったようだ。

「ご協力いただき、ありがとうございました」

「いえ、こちらこそ素晴らしい料理を教えていただき、ありがとうございます」

料理の効果が切れたことで、今日の調査はお開きとなった。

師団長様をはじめとした宮廷魔道師団の面々にお礼を言うと、とてもにこやかに師団長様が応じてくれる。

料理の効果で分かっているものは物理攻撃やＨＰに関係するものが多く、魔法に関係した効果と言えばＭＰに関係するものくらいだった。

しかし、今回の調査で魔法に関する効果もあることが分かったのだ。

魔法馬鹿とも言われる師団長様が非常に、非常に興味を持つのもよく分かる。

「今回の料理は材料の入手が難しいのでしたよね？」

「はい」

「できれば毎日食べたいくらいなのですが……」

「今の段階では難しいですね。今後、定期的に材料を輸入しようとは思っていますけど」

「定期的に？」

「はい。今日の料理に使った米は、私の国の主食だったので、私もできれば一日に一回は食べたいなと思いまして」

「ということは、輸入が始まれば研究所の食堂で毎日食べられるということですか？」

「ええ、恐らく？」

「そうですか！　では、食堂で食べられるようになったら教えてください。伺いますから！」

でも、こう来るとは思わなかった……。

これ、毎日来そうよね。

まあ、いいか。

師団長様の食事代はしっかり宮廷魔道師団に請求しよう。

今後やるべきことを考えつつ、物凄《ものすご》くいい笑顔の師団長様に了承の返事をした。

舞台裏

モルゲンハーフェンの宿の部屋で、セイランはワインを飲みつつ、机の上に置かれた空き瓶を眺めていた。

考えるのは、ここ数日に起こったことについてだ。

数年前より、ザイデラはスランタニア王国へと工芸品や食料品を輸出するようになった。

輸出品を運ぶのは毎回決まった船で、セイランはその船を預かる船長である。

ザイデラとスランタニア王国を結ぶ航路は比較的安全なものだ。

何度も通った航路であり、今回もいつも通り、問題なくスランタニア王国にまで辿《たど》り着いた。

それが油断を招いたのかもしれない。

陸に荷揚げする際に問題が起こった。

何かの拍子に積荷が崩れ、作業に当たっていた者達が積荷の下敷きになったのだ。

セイランは事故の発生を聞き、すぐ様、被害の確認を行った。

幸いなことに死人は出ず、積荷の被害も少なかったが、下敷きになった者達の怪《け》我《が》が予想よりも酷《ひど》かった。

替えの利《き》く人員とはいえ、長年一緒に船に乗ってきた者達だ。

治療せずに見捨てるという選択肢は、セイランにはなかった。

セイラン達は保持していたポーションで怪我人の治療に当たったが、一人だけ手持ちのポーションでは治療できない者がいた。

一番怪我が酷かったその者は、両足を重い荷物に挟まれて、足を切断する危機にあったのだ。

セイラン達が持っていたのは下級HPポーションで、とてもではないが重い怪我は治せない。

年老いた者であれば、そこまでと諦《あきら》めただろう。

しかし、怪我人はまだ十代の少年だった。

両足を失った状態で生きるのには若過ぎる。

不憫《ふびん》に思ったセイラン達は、ポーションを求めてモルゲンハーフェン中を走り回った。

そして、街で一番の薬師《くすし》から最も効果の高いポーションを購入した。

それでも少年の両足は治りきらなかった。

ポーションよりも回復魔法の方が、より重い怪我を治せる。

ただ、どちらにしても怪我をしてから時間が経《た》ち過ぎると、治せなくなる。

そのことを知っていたセイランは急いで町へと舞い戻り、港にいた者達に魔道師がいないかと聞いて回った。

気が急《せ》いていたこともあり、母国語交じりで話すセイランの言葉は、周りの者達に中々通じない。

焦燥感を募らせながらも、何とか魔道師を見つけたいと願うセイランに、一人の女性が声を掛けた。

セイだった。

流暢《りゅうちょう》な母国語で話すセイの登場に、セイランは一瞬光明が見えたような気がした。

けれども、すぐに暗転する。

モルゲンハーフェンには魔道師がいなかったのだ。

もはやここまでかと肩を落としたセイランに、セイは一瓶のポーションを渡した。

見た感じ、普通の町娘に見える女性が差し出した物で、ポーション自体もよくある物に見えた。

見慣れた下級ＨＰポーションに比べれば、少し色が濃いだろうか。

中級ＨＰポーションなのかもしれないと、セイランは考えた。

『……ありがとう』

中級ＨＰポーションであれば既《すで》に使用済みで、完治には至らなかった。

あと二、三本あれば少年の足は動くようになりそうだったが、一本では難しいだろう。

だが、このポーションはセイの気持ちでもあると思い、セイランはありがたく受け取った。

セイと別れた後、せっかく貰《もら》ったのだからとセイランは少年にポーションを飲ませた。

その結果は驚くべきものだった。

荷物に押し潰《つぶ》され、粉砕された骨は元通りになり、完全に回復したのだ。

周りの者達が少年の回復に歓喜の声を上げる中、セイランはポーションの空き瓶を手に取り、呆《ぼう》然《ぜん》と眺めた。

モルゲンハーフェンの薬師から購入したポーションよりも、効果が高い。

それがどういう答えを導き出すのかセイランは考えて、背中に震えが走った。

セイに渡されたポーションは中級よりも上、少なくとも上級HPポーションである可能性が高い。

上級といえば、ザイデラでも王侯貴族、それもかなり上の階級の者達でないと手に入らないような代物だ。

そんな物をポンとくれたセイは一体何者なのか。

疑問がセイランの頭を過《よぎ》ったが、それよりも大事なことがある。

それほどの物をタダで貰い、そのままにするのはザイデラの名折れになる。

どうにか礼をしなくてはならない。

セイランは船員達にセイとの経緯を話し、セイを捜した。

幸いなことにセイはすぐ見つかり、何とかポーションの礼をすることができた。

そして冒頭に戻る。

セイランが眺めていたのは、セイがくれたポーションの空き瓶だった。

一緒にいたオスカーの話では、セイの親である商会の旦那様《だんな》とやらがセイに持たせた物だという。

だとすれば、セイの実家というのはどれほど大きな商会なのだろうか？

輸出品を載せる船の船長をしている関係上、セイランはスランタニア王国の大きな商会についての知識があった。

その中に、セイのような娘がいる商会はあっただろうかと考える。

会長や上の方の従業員は知っている。

跡取りと目されている子女も辛うじて。

しかし、それ以外の子女となると、とんと知識がない。

主だった商会の会長の顔を思い浮かべても、セイと似た面差しの者はいなかった。

だとすれば、他の商会か。

オスカーによって巧みに隠されてしまったが、セイランはセイの実家である商会を知りたいと考えていた。

ポーションを貰ったことについて、セイの親である会長にも礼を伝えたいのが理由の一つ。

それに加えて、可能であればポーションの出所を何とか探りたいというのも理由の一つだった。

常であれば礼儀を重んじるセイランが、それを脇に避《よ》けてもそう思ってしまうのは、セイラン達の雇い主が関係している。

セイラン達の雇い主は優秀な薬師を探していた。

何故《なぜ》探しているのか、セイランは詳しく聞かされていない。

けれども、探しているということは知っていたので、今回の件を雇い主に報告した方がいいだろうとセイランは考えた。

上級のポーションを作ることができる者は、ザイデラでも優秀な薬師だと認められている。

今回の話をすれば、雇い主がポーションの作製者に興味を持つのは間違いない。

それならば、報告する前に、少しでも多くの情報を手に入れておいた方がいいだろう。

夜が深くなる中、セイランは一人部屋の中で、ザイデラに出発するまでにしなければいけないことを考えた。

ただ、セイランはここで一つ思い違いをしていた。

ポーションを渡したセイが裕福な商家の娘とはいえ、平民の格好をしていたことから起こった勘違いである。

ザイデラでは上級のポーションを作れる薬師は皇宮にしかいない。

それもあって、上級のポーションは皇帝と上位の貴族しか手に入らない。

しかし、スランタニア王国では平民でも手を尽くせば手に入れることができた。

その事実から、上級のポーションを作れる者が市井にいると、セイランは勘違いをしていたのだ。

実際には、スランタニア王国でも上級のポーションを手に入れることができるのは王族と上位の貴族くらいだ。

しかも、あのポーションの作製者は【聖女】である。

王宮関係者でもない者が手にすることは、まずない。

故に、セイランの情報収集は困難を極めた。

最終的に、薬師の情報も、またセイの実家である商会の情報も手に入れることはできなかったのだ。

そして、失意のままセイラン達はスランタニア王国を後にしたのであった。

◆

まもなく真昼の鐘が鳴る時刻。

薬用植物研究所の所長室の扉がノックされた。

部屋の主人であるヨハンが応答を返すと、扉が開かれ、第三騎士団の団長であるアルベルトが入って来た。

「お前が来るなんて珍しいな」

「息抜きを兼ねて、来てみたんだ」

目を丸くしたヨハンに、アルベルトは手に持っていた書類を掲げる。

書類を見て納得したヨハンが片手を差し出すと、アルベルトはその手の上に書類を載せた。

ヨハンが書類に視線を移すと、アルベルトは部屋に備え付けられている応接セットのソファーに座った。

少しして、再び所長室の扉がノックされる。

ヨハンが許可を出すと、従僕がティーセットをカートに載せて入ってくる。

「用意がいいな」

「来るときに、すれ違ったから頼んだんだ」

再び目を丸くしたヨハンに、アルベルトが説明する。

その台詞《せりふ》に苦笑を返すと、ヨハンは書類にサインをして、応接セットに移動して来た。

向かい合わせに座った二人の前に、従僕はお茶を置くと、ヨハンの合図で部屋から出て行った。

「それで？　今日はどんな用件なんだ？」

「用件ってほどじゃない。本当に息抜きに来ただけだ」

「ほう。セイもいないのに？」

ニヤリと笑ったヨハンの言葉に、お茶を飲んでいたアルベルトは噎《む》せた。

その様子を見て、押し殺した笑い声をあげるヨハンをアルベルトが睨《にら》んだが、当の本人はどこ吹く風だ。

「そういえば、商会の方はどうだ？」

「お陰様で、大分落ち着いたようだ」

「そうか。それなら良かった」

「あぁ。売り上げが落ちるから渋られるかと思ったが、そうでもなかったな」

「化粧品の移管か？」

「そうだ。あれだけで、かなりの売り上げがあったと思うんだがな」

「それと引き換えにしてもいいほど、他《ほか》からの妨害が酷かったんだろ」

「そうだな」

アルベルトが話題を変えようと商会のことを口にすると、ヨハンもそれに乗っかり、話し出した。

王宮側主導でセイの商会が設立されたのは、ヨハンだけでなく、アルベルトも知っていた。

これでもアルベルトは第三騎士団の団長で、王宮では上層部の一員である。

加えて、騎士団の中でも第三騎士団はセイと一番近しい騎士団であった。

その団長にセイに関する情報が下りてこないということはない。

ヨハンの実家であるヴァルデック家が、商会のことで大変なことになっているのもアルベルトは知っていた。

とはいえ、他所《よそ》の家の問題に軽々しく首を突っ込むわけにもいかない。

ましてや、自身の実家のホーク家に助けを求めるのも、出来ない話だ。

アルベルトに出来ることといえば、ヨハンの愚痴を聞き、解決策を一緒に模索する程度で、歯痒《はがゆ》く思っていたのも事実だ。

その問題が落ち着いたという言葉を聞いて、アルベルトは安堵《あんど》した。

セイの商会を設立するにあたり、王宮側が懸念していたことがある。

そのうちの一つが、元の商会が化粧品を移管することに同意するかということであった。

高級品でもある化粧品の売り上げは、人気があることもあって大きい。

その売り上げが丸々無くなってしまうのは、いくら他に商材があるといっても、商会としては痛手であることは想像に難くなかった。

それ故、王宮側も商会がすんなりと化粧品の移管に応じるとは思っていなかった。

しかし、王宮側の予想に反して、商会はあっさりと移管に応じた。

商会が簡単に化粧品を手放したのは、先行投資が無駄にならないように王宮側が色々と配慮したのも理由の一つだ。

また、化粧品に関して他の商会等からの接触に対応するコストが増大していたため、それがなくなるのも商会にとっては、ありがたいことだった。

だが、それ以上に大きな理由があった。

今回の件が王宮やヴァルデック家への、ひいては【聖女】への貸しになることを、商会は大きな利益だと捉《とら》えていたことだ。

先を見据えた判断だったと言える。

「まぁ、商会の方は落ち着いたが、今度はセイの方が大変になるだろうな」

「セイが?」

「魔物の討伐で彼方此方《あちこち》に行って、方々に顔が売れたんだ。次に何が起こるかは分かるだろ?」

「次か……」

「地位が高くて、経済力もある。その上、流行の発信源だ。隣に置きたい男は多いだろう」

ヨハンが何を言いたいかを悟り、アルベルトは眉間《みけん》に皺《しわ》を寄せた。

ヨハンが言いたいのは、セイの婚姻についてであった。

結婚適齢期が日本よりも早いスランタニア王国では、ヨハンもアルベルトも既に通った道である。

貴族の結婚適齢期は早く、成人となる十五歳から始まる。

そのため、貴族の女性は十五～二十歳で結婚するのが一般的だ。

それに当てはめると、セイはいわゆる行き遅れの部類に入る。

しかし、【聖女】という地位と、新たに設立される商会からの収入、化粧品や料理等の流行の発信源であることが、年齢を問題と感じさせなかった。

少々行き遅れであっても、付属してくるものを見れば、お釣りが来る。

特に、家を継げない次男や三男からすれば、非常に魅力的だった。

今はまだ来ていなくても、いずれセイの所に彼等の絵姿や身上書が殺到するのが、ヨハン達には予想できた。

「まぁ、セイは結婚なんて考えてなさそうだがな。あれも仕事人間だし」

「そうだな。身上書の山を見たら慌てるか、俺達と同じように嫌な顔をしそうだ」

「どちらかと言えば、慌てる確率の方が高いんじゃないか？」

「違いない」

セイは殊更、恋愛に関して奥手だ。

そのせいか、自分に向けられる好意に非常に鈍感である。

それは、アルベルトとの初デート後にヨハンに指摘されるまで気付かなかったことからも窺《うかが》えた。

実際に、アルベルト以外の男性からも秋波を送られているのだが、セイはさっぱり気付いていなかった。

気付いているのは、セイの周りにいる者達ばかりだ。

二人とも、そんなセイのことをよく知っている。

故に、大量の身上書を前に、顔を赤く染めて狼狽《うろた》えるセイの姿が容易に想像できた。

その様子が脳裏に浮かんだのか、ヨハンとアルベルトは同時に噴き出した。

「お前はどうするんだ？」

「俺？」

「辺境伯家と雖《いえど》も、モタモタしてると掻《か》っ攫《さら》われるぞ」

「……、分かっている」

一頻《ひとしき》り笑った後に、ヨハンが口を開いた。

嫌な指摘にアルベルトの表情は苦いものに変わる。

興味本位でもなんでもなく、ヨハンは純粋に幼馴染《おさななじみ》を心配していた。

アルベルトも、そういうヨハンの心情を理解していたため、表情を変えながらも答えを返す。

アルベルトの気持ちは決まっていた。

はっきりとした行動に移さなかったのは、偏《ひとえ》に恋愛初心者であるセイの歩調に合わせていたからだ。

そんなアルベルトの気持ちに気付いてか、実家であるホーク家も何も言ってきていない。

けれども、そろそろ動き出さないといけないだろう。

新たな商会が立ち上げられ、商会から利益を得ることが簡単には行かなくなった今、次に狙《ねら》われるのはセイ自身だ。

最も手っ取り早く、多くの利益を得られるのは、セイとの婚姻であることは言うまでもない。

ヨハンの言う通り、早晩、他の家が【聖女】を確保するために動き出すのは目に見えていた。

いい加減、腹を括《くく》り、行動に移さないといけないだろう。

「お前が行動を起こさないのなら、俺が動くか」

「は？」

「いや、変な輩《やから》がセイの婚約者候補に名乗りを上げる前に、俺が名乗りを上げようかと思ってな」

親友の爆弾発言に、アルベルトは凄《すさ》まじい表情で固まった。

その表情を見たヨハンが噴き出したことから、質《たち》の悪い冗談を言われたのだと理解したアルベルトは脱力する。

ヨハンなりにアルベルトに発破をかけたのだろう。

その後、アルベルトがヨハンにどのように返したのかは、所長室にいた二人が知るのみである。

第五幕　お披露目

「お披露目会ですか？」

「はい」

研究所でいつものようにポーションを作っていた、ある日。

所長に呼ばれて所長室に行くと、王宮から文官さんが来ていた。

所長と共に応接セットのソファーに座り、話を聞くと、お披露目会を開くと言う。

誰のって？

私のよ。

今更？　という気がしなくもないけど、状況を鑑《かんが》みれば仕方がないことだ。

予想外に【聖女】が二人も召喚されたり、魔物の脅威が差し迫っていたりで、王宮側もてんやわんやしていたのだろう。

そうして、ずっと後回しにしていた【聖女】のお披露目会だけど、このところは魔物の湧《わ》きも落ち着いて来たことから、そろそろ開催しようという話になったそうだ。

正直なところ、開かなくてもいいじゃないかと思わなくもない。

以前、国王陛下から謝罪を受けた際に、その場に貴族の人達もいたから、それでお披露目したっことにしてしまってもいいと思うのよ。

けれども、そういう訳にいかないのが、上流階級の辛《つら》いところだ。

よく分からないけど、色々とあるらしい。

そもそも、あの場にいない貴族の人もいたらしいので、その人達も招待して行うという話だ。

「開催はシーズンの最後か」

「はい、王家主催の舞踏会と同日に行うことになりました」

文官さんが持ってきた所長宛ての招待状を見ながら、所長が口を開く。

シーズンというのは社交シーズンのことだ。

この期間に多くの貴族は領地から王都に移動し、王都の彼方此方で行われるパーティーに参加して、交流を図るのだそうだ。

これらのパーティーは個人の都合に合わせて、参加しても、しなくてもＯＫだ。

シーズンの最初と最後に王家主催の舞踏会も行われる。

こちらは招待された場合、万障繰り合わせて、必ず参加しなければいけない。

そのため、この舞踏会に日にちを合わせれば、ほぼ全《すべ》ての貴族がお披露目会に参加できるだろうという王宮側の配慮らしい。

文官さんの話では、お披露目会は舞踏会がある日のお昼に行われる予定だそうだ。

当主は必ず出席、その他は希望者のみの参加となる。

夜の舞踏会の参加者は例年通り、成人のみとなるのだとか。

普段は夜のみの行事が、今回はお昼にもあるから、皆様準備が大変そうだ。

ただ、皆はりきって準備をするだろうと文官さんは言う。

この数年、魔物騒ぎでシーズン中の社交は自粛傾向にあったらしい。

自領の魔物の対応に追われて、王都に出て来ない人達もいたのだ。

けれども、最近は魔物の湧きも落ち着いていて、久しぶりに明るい雰囲気に包まれている。

控えていた分、今回は派手になるのではないかという話だ。

実際に、王宮で開かれる舞踏会は、数年前に開かれたものよりも豪華になることが決まっているみたいね。

「他人事《ひとごと》じゃないぞ。お前は両方に参加が義務付けられてるんだから」

「舞踏会もですか？」

「当たり前だろう」

所長の言葉にげんなりした表情をすれば、溜息《ためいき》を吐《つ》かれながら窘《たしな》められた。

舞踏会に参加しても壁の花でいられるなら、喜んで参加する。

そういう華やかな場で、着飾っている人達を見るだけなら楽しいと思うもの。

でも、お披露目会の後だと、確実に注目を浴びるわよね。

大分慣れた気はするけど、注目を集めるのは苦手だ。

しかし、憂いていても始まらない。

前向きなことを考えよう。

所長にも招待状は届いているし、周りに知らない人しかいない、ということにはならないはず。

もしかしたら、彼も来るだろうか？

「どうした？」

「何でもありません」

「そうか」

以前、団長さんに言われたことを思い出して、顔が火照《ほて》る。

取り繕おうとして、変な表情をしてしまったのか、所長に気付かれた。

いつもであれば食い下がられそうなところだけど、所長が踏み込んでくることはなかった。

文官さんがいるからかな？

でも、団長さんは覚えているだろうか？

前に、エスコートさせて欲しいって言われたのよね。

今度の舞踏会でエスコートしてくれるかな。

そうであれば、心強い。

「それで？　さっきは何を考えていたんだ？」

「え？」

「変な顔をしていただろう」

「あ……」

話し終わった文官さんを研究所の入り口まで見送った、その場で、所長に話し掛けられた。

一瞬何のことか分からなかったんだけど、続けられた所長の言葉から、先程のことを言われているのだと気付いた。

「舞踏会なんですけど……、ちょっと心配で」

「心配？」

「注目を浴びるのかなって」

「それは浴びるだろう」

「ですよね。はぁ」

「嫌なのか？」

「嫌っていうか、苦手なんです。できれば壁の花になっていたいです」

「それは無理だな」

「やっぱり……」

エスコートのことを話すのは恥ずかしかったので、別の話で誤魔化《ごまか》した。

分かってはいたことだけど、改めて壁の花にはなれないと否定されると、気が沈む。

そんな私の様子を見て、所長は苦笑した。

「俺にも招待状が来たことだし、なるべく側《そば》にいてやるから安心しろ」

「ありがとうございます」

「多分、アルも来るだろうし。俺よりもいい盾になるんじゃないか？」

団長さんの名前が出たことに、鼓動が跳ねた。

胸の高鳴りを気付かれないように、視線を地面に落とす。

「ホーク様も来るんでしょうか？」

「来るだろう。第三騎士団の団長だしな。呼ばれないってことはないと思うぞ」

「そうですか」

「それどころか、舞踏会なんて嬉々《きき》としてエスコートの誘いに来そうだな」

最後の方は笑いを含んだ声だった。

視線を上げれば、ニヤニヤとした所長の表情が目に入る。

ほんのりの熱く感じる頬《ほお》の熱を誤魔化すように、口を尖《とが》らせると、所長は噴き出した。

数日後。

所長の予言（?）通り、団長さんからお誘いがあった。

「お披露目会の後の舞踏会なんだが……」

「はい」

騎士団に卸しているポーションに関する書類を、団長さんの執務室まで届けに行った際に、唐突に呼び止められた。

何だろうかと立ち止まり、団長さんの方を向くと、ほんのりと頬を染めた団長さんが目に入る。

うっ、破壊力が強い……！

釣られて私の顔も熱くなる。

「もし良ければ、エスコートさせてもらえないだろうか？」

「えっと、お願いします……」

ダンスの講義の際にした話。

団長さんも覚えていてくれたんだろうか？

尻《しり》すぼみになりながらも了承の意を返すと、団長さんは目を細め、嬉《うれ》しそうに微笑《ほほえ》んだ。

何だろう。

部屋の気温が上がったような気がする。

「迎えは王宮の部屋に行けばいいだろうか？」

「そ、そうですね。その日は一日中、王宮にいることになるらしいので」

お披露目会と舞踏会は、どちらも王宮で開かれる。

マナーの講義がある淑女の日以上に、準備に時間をかけるらしく、私は前日から王宮に泊まり込むことになっていた。

つい昨日《きのう》会った侍女さん達の張り切りようは、それはもう凄《すご》かった。

前日の夜からマッサージをし、当日の朝もいつも以上に念入りに準備をするとのこと。

大舞台だということで、拳《こぶし》を握って力説されたわ。

侍女さん達の剣幕がちょっと怖かったのは内緒だ。

お披露目会と舞踏会では違う衣装を着るらしい。

これも侍女さん達がやる気になっている理由の一つだ。

着替える必要があるため、行事に合間はあれど、何もせずに休むことはできない。

もっとも、準備に動いてくれるのは侍女さん達で、私は座っているだけのことが多いため、文句は言えない。

「お披露目会と舞踏会で衣装を変えるらしくて、侍女さん達がすごく張り切っているんですよ」

「そうか」

「それで、前日の夜から王宮に泊まることになって……」

何となく照れ臭くて、視線を斜め下に向けながら、思い付いたことを口にする。

団長さんの姿が視界に入らなくなったからか、少しずつ鼓動も治まってきた。

しかし、視線を外したのがいけなかったのだろう。

団長さんが悪戯《いたずら》を思い付いたような顔をしたのを見逃してしまった。

椅子《いす》が引かれる音が聞こえて、顔を上げると団長さんが立ち上がり、すぐ近くまでやって来た。

どうしたのだろうかと思っていると、髪が一房取られ、団長さんの口元まで運ばれる。

「いつもとは違う姿、楽しみにしている」

「……っ！」

団長さんは含み笑いをしつつ、私の髪に唇を落とした。

そうして、せっかく落ち着いた鼓動は、再び暴れ出したのであった。

◆

日々はあっという間に過ぎ去り、お披露日会の日がやって来た。

前日より王宮の部屋に泊まり込んだ私のお肌は、つやっつやのぷるっぷるだ。

侍女さん達のマッサージが終わったすぐ後も、生まれ変わったようなその状態に驚いてはいた。けれども、起きてからも、その状態が続いていることに更なる驚きを隠せない。

「いかがされましたか？」

「いえ、昨日もでしたけど、今日も肌の調子がいいなと思いまして」

「セイ様の化粧品を使わせていただきましたから」

「化粧品よりもマリーさん達のマッサージの腕前のお陰だと思います。ありがとうございます」

「恐れ入ります」

あの手技は本当にすごかった。

自分でしてもここまでの効果が出るか甚《はなは》だ疑問だもの。

素晴らしい効果に、改めてお礼を言うと、侍女のマリーさん達は嬉しそうに笑ってくれた。

化粧が終わったら、次は衣装だ。

淑女の日と同じように、侍女さんの一人がローブを持って来て、見せてくれる。

「お披露日会の衣装はこちらになります」

「これ、ですか?」

てっきり、国王陛下に公式に謁見した際に着ていたローブを再び着るものだと思っていたんだけど、出されたローブは違う物だった。

白地に金糸で刺繍《ししゅう》が施されているところは同じだけど、以前着た物よりも遥《はる》かに豪華だった。

まず、刺繍されている範囲が以前の物よりも広く、刺繍自体も複雑な図案になっている。

しかも、所々に透明な宝石が縫い付けられていて、それが光を反射してキラキラと輝いていた。

あまりの豪華さに、私の目が点になってしまったのも仕方ないわよね。

こんな豪華な物でなくていいと喉《のど》まで言葉が出掛かったけど、耐えたわ。

口に出した途端に、更に豪華なローブが出て来そうだもの。

もっとも、私の様子から考えていたことはお見通しだったらしく、他《ほか》の侍女さん達は困ったような笑みを浮かべていた。

「お似合いですわ」

「ありがとうございます」

そうして、以前見た聖女っぽい私、version 2が出来上がった。

似合っている……のかな?

周りの侍女さん達が皆、にこやかに頷《うなず》いていて、口々に褒めてくれるので、多分似合っているのよね?

衣装に着られている気がするけど、頑張ってくれた侍女さん達に申し訳ないので、気のせいってことにしておこう。

準備が整い、マリーさんが淹《い》れてくれた紅茶を飲んで待っていると、部屋のドアがノックされた。

どうやらお迎えが来たらしい。

迎えに来てくれたのは見知らぬ騎士さんだった。

第一か第二騎士団の人だろうか。

軽く挨拶《あいさつ》をして、お披露目会の会場に向かう。

先頭に一人、左右に一人ずつ、後ろに一人。

計四人の騎士さん達に囲まれて、王宮の廊下を歩く。

ちょっと物々しい。

立場柄仕方がないとは分かっているんだけど、あまりの仰々しさに、浮かべる笑みも引き攣《つ》ったものになってしまう。

いや、【聖女】というか、貴族の御令嬢の所作として、公の場にいるときは口角を上げて、柔和な表情を浮かべているようにって、マナーの講義で習ったのよ。

王宮内を歩くのに、その通りにしようとしたんだけど、この強張《こわば》った表情では、先生から落第点を付けられてしまいそうだ。

暫《しばら》く歩くと人が集まっている場所に到着した。

その中に、国王陛下と宰相様を見つける。

二人の側《そば》にいた騎士さんの一人が話し掛けると、揃《そろ》ってこちらを向いた。

周りを取り囲んでいた人の輪が左右に分かれ、二人までの道ができる。

その中を騎士さんに先導されながら、二人の下まで歩いていった。

「今日はよろしくお願いいたします」

「こちらこそ。漸《ようや》く貴女《あなた》のお披露目が行えること、嬉《うれ》しく思う」

注目を浴びて、緊張してしまい何を言えばいいのかが分からなくなる。

咄嗟《とっさ》に当たり障りのないことを言ったつもりだったのだけど、大丈夫だったかしら？

陛下が笑みを浮かべてくれたので、多分大丈夫だったのだろう。

挨拶が終わると、すぐに時間になったようだ。

私達以外の参加者は既に広間に集まっているという。

広間は目の前にあるドアを潜《くぐ》った先だ。

陛下がドアの前に立ったので、その後ろに並ぶ。

侍従さんがドアを開けると、ザワザワとしていた扉の向こうがシンと静まり返った。

背の高い陛下が壁になって、ドアの先は見えないけど、この先に多くの人がいると思うと緊張が高まる。

平常心、平常心。

何度か深呼吸をしたところで、陛下が歩き出した。

周りを見ないように、陛下の背中だけを見つめて、広間の中に入る。

すぐに横に折れれば、数段高くなった演壇があり、陛下と共にその上に上がった。

演壇の真ん中で陛下は立ち止まり、正面へ向き直る。

私は陛下の左側、少し離れた位置で立ち止まって、同じように正面を向いた。

この辺りは、前日にリハーサルをした通りだ。

そうリハーサル。

文官さんにお願いして、前日にちゃんと行ったのよ。

陛下や宰相様はいなくても、当日どの位置に立てばいいのかや、何をすればいいのかを予《あらかじ》め教えてもらっておいたのだ。

そうしないと、確実に右往左往してしまうことが予想できたからね。

行事の準備で忙しいのに、私の申し出を快く受けてくれた文官さん達には感謝しかない。

お陰様で、こうして何とか舞台の上には立てたわ。

「先に【聖女召喚の儀】を行い、【聖女】殿をお迎えした。今日は皆に【聖女】殿を紹介しよう」

陛下の言葉を受け、ローブを摘《つま》み、カーテシーを行う。

視線は足元に落としていたけど、私のお辞儀と同時に会場にいる人達もお辞儀をする気配がした。

腰を上げると同時に視線を前方に戻せば、皆の視線がこちらに集中しているのが分かり、ピシリと体が固まった。

緊張して吐きそう。

何とかしなくてはと、心を無にしてぼんやりと遠くを見るようにする。

隣では、陛下の話が続いていた。

話の内容は、魔物についてだ。

私が魔物の討伐のために地方を回り、成果を上げていることも話していた。

一部の人達は知っているけど、この場で改めて話したのは、魔物の脅威が落ち着いてきていることを全員に周知させるためだろう。

陛下の話を聞いて、会場にいる人達の表情が明るいものに変わっていった。

ただし、私は緊張のあまり、周囲の人の表情の変化には、さっぱり気付いていなかったんだけどね。


そうしていると奥の方に所長が立っているのに気付いた。

正装だからか、身に着けているのはいつもよりも華やかなジュストコールとベストだ。

所長が着飾っている姿、初めて見たなぁと思っていると、所長と視線が合った。

所長は片眉《まゆ》を上げてニヤリと笑うと、演壇に近い方を指差した。

指された方を見れば、騎士服に身を包んだ団長さんも見つけた。

団長さんは無表情で陛下を見ていたのに、私と視線が合うと、目元が少しだけ和らいだ。

その瞬間、自分の体からも力が抜け、自然に口角が上がった。

周りを見る余裕ができたので、団長さんの立っている付近を見回すと、他にも見知った顔を見つけることができた。

いつもよりも華やかなローブを纏《まと》った師団長様とインテリ眼鏡様だ。

私が見ていることに気付いた師団長様が小さく手を振り、師団長様の後ろに立っていたインテリ眼鏡様の眉間《みけん》に盛大な皺《しわ》が寄った。

それを見て、団長さんのお陰で浮かべられた自然な笑みが、苦笑いに変わってしまったわ。

何やってるの、師団長様。

師団長様の行状に呆《あき》れつつ、更に視線を巡らせると、今度は意外な人物を見つけた。

リズだ。

あれ？　何で参加しているの？

目を丸くして見ていると、私の視線に気付いたリズが、浮かべていた笑みを深くする。

同様に笑みを深くすることでリズに応えながら、考えた。

てっきり、お披露目会には大人ばかりが参加するものだと思っていたけど、そうではなかったらしい。

よく見れば、リズ以外にも同じくらいの年齢の人達がちらほらいる。

思い返せば、舞踏会は成人のみって聞いたけど、お披露目会では聞かなかったわね。

だから、リズが来てくれたのかもしれない。

そうこうしているうちに陛下の話が終わり、会の解散が告げられる。

再び陛下の後について、広間の外に出た。

「ご苦労だった」

「いえ」

「疲れただろう。舞踏会まで部屋で少し休むといい」

「ありがとうございます」

「また夜に会おう」

ホッと一息吐《つ》くと、国王陛下から声を掛けられた。

体力的には問題ないけど、精神的には非常に疲れた。

そう長い時間ではなかったのにね。

陛下も分かってくださっているからか、話をすぐに切り上げてくれた。

広間にはまだ人がいるようで喧騒《けんそう》がここにまで届いているけど、陛下のお言葉に甘えて、部屋まで戻ることにしよう。

ここまで案内してくれた騎士さんに頼み、部屋まで連れて行ってもらうことにした。

お手を煩わせてしまって申し訳ないけど、いまいち道を覚えていなくて、一人では戻れそうになかったのだ。

騎士さんは快く応じてくれ、来た時と同じように物々しく部屋に戻った。

「ただいま帰りました」

「おかえりなさいませ。お疲れ様でございます」

部屋に戻ると、マリーさんが笑顔で迎えてくれた。

案内されるままに、ソファーに座り込むと、他の侍女さんが紅茶を運んで来てくれる。

私が戻るって先触れでも来ていたのかしら？

すごく準備がいい。

紅茶を一口飲んで肩の力を抜くと、入り口付近に立っていた侍女さんが何かに気付いたように動き出した。

誰か来たのかしら？

気になって眺めていると、外にいる誰かと話し終わった侍女さんがこちらへとやって来る。

「お寛《くつろ》ぎ中のところ申し訳ありません。お客様がお見えになっております」

「お客様ですか？」

「はい。第二王子殿下とアシュレイ侯爵令嬢様がいらしております」

やはり来客だったけど、来訪者の名前を聞いて驚く。

リズはともかく、第二王子殿下が？

取り敢《あ》えず、廊下で待たせるのも問題なので、すぐに部屋へと通してもらった。

「ごきげんよう、セイ」

「ごきげんよう、リズ」

「お疲れのところ、ごめんなさい。セイの晴れ姿を間近で拝見したくて、押し掛けてしまいましたわ」

ソファーから立ち上がり、互いにカーテシー込みで挨拶をする。

いつもより格式張っているのは、もう一人のお客を意識してだ。

「そうだったの。私は大丈夫だから気にしないで。ところで、そちらは？」

「セイは初めてお会いするわよね。こちらは我が国の第二王子で……」

こういうことは早めに聞いた方がいいだろうとリズに話を振ると、すぐに紹介してくれた。

事前情報のとおり、リズと一緒に入室してきた少年は第二王子殿下だった。

国王陛下と同じく赤い髪に赤い瞳《ひとみ》を持ち、面差しは陛下よりも柔らかい感じがする。

王妃様似なのかもしれない。

「ご挨拶が遅れ大変申し訳ありません。私はレイン・スランタニアと申します。【聖女】様のご尊顔を拝しまして、恐悦至極に存じます」

「ご丁寧に、ありがとうございます。初めまして。私はセイ・タカナシと申します。もしよろしければ、もう少し砕けた感じで話していただけると助かります。あまり堅苦しいのは苦手で……」

「そうでしたか。では、お言葉に甘えさせていただきますね」

リズの言葉を引き継ぐように自己紹介を始めた第二王子殿下の、あまりの丁寧さにちょっと面食らってしまった。

変な声を出さなかったのは、マナーの先生の教えがあったからだ。

お陰様で、何とか外面を保つことができたと思う。

殿下との挨拶が終わったので、取り敢えずソファーに座るように勧めた。

三人掛けのソファーに私とリズが座り、私達二人の対面に殿下が座る。

腰を落ち着けると、流れるように侍女さんが新しい紅茶を差し出してくれた。

「お疲れのところ、私まで押し掛けてしまって申し訳ありません」

「いえ……」

「以前より、アシュレイ侯爵令嬢からセイ様のお話を伺っていたので、一度お会いしたかったのです」

席に着くと、第二王子殿下が朗《ほが》らかな笑顔で話し始めた。

殿下の話によると、リズがお披露目会の後に私に会いに行くという話を聞いて、無理を言って付いて来たらしい。

どうも、リズは私のことをとても称賛していたようで、殿下の中では聖人君子だと思われているようだ。

そんな聖人と一度話をしてみたいと思っていたんだと、殿下は照れたように教えてくれた。

リズ、一体どんな話をしたの⁉

話を聞きながら、心の中で叫んだ私は悪くない。

だって、そう褒められるほど聖人でも君子でもないもの。

殿下の期待値に慄《おのの》きつつ、「そうですか」と返事をしていると、ふいに殿下の表情が真面目なものに変わった。

「タカナシ様には、我が兄がご不快な思いをさせてしまい、大変申し訳ありません」

「兄？　あぁ……」

一体何のことかと思ったけど、兄と言われて思い出した。

第一王子のことね。

すっかり忘れていたわ。

「その件は既《すで》に国王陛下からも謝罪をいただいていますので、殿下はお気になさらず」

「ご寛大なお言葉を頂戴《ちょうだい》し、ありがとうございます」

「いえ、あの、はい」

少しだけ砕けていた態度が、硬いものに戻ってしまったことに、しどろもどろになっていると、気付いた殿下が「すみません」と苦笑いしながら小さく謝った。

公式に陛下からも謝罪をいただいていたので、私の中では既に終わったことだったんだけど、殿下はずっと気にしていたようだ。

なんて義理堅い。

当事者でもない殿下からの謝罪は何とも変な感じがするけど、取り敢《あ》えず謝罪は受けたので、これ以降は気にしないでもらいたい。

当の本人が忘れているくらいなので、是非。

謝罪が終わったからか、暗くなった雰囲気を明るくするように、リズが明るい声で話し始めた。

「さぁ、殿下の紹介は終わりましたから、今度は私の番ですわね」

「私の番って」

「あら。だって、私がセイとお話ししたかったのに、無理を言って付いて来たのは殿下ですわ」

ツンとした感じで話すリズに、殿下も苦笑いを返す。

いつもよりリズの態度があけっぴろげなのは、雰囲気を変えるためだろう。

それに、殿下の様子からして、元々二人は仲がいいのかもしれない。

「それにしても、お披露目会にリズが来てくれるとは思わなかったわ」

「私達は夜の舞踏会には参加いたしませんから、セイの晴れ姿を拝見できるのがこの機会くらいしかないでしょう？　それで父にお願いして参加いたしましたの」

「私の晴れ姿って、お茶会のときにはいつもドレス着てるじゃない」

「お茶会のドレスとはまた違いますわ。今着ていらっしゃるのはローブですし」

「そうだけど……」

「それに舞踏会のドレスともなれば、お茶会のときよりも華やかな物になるでしょう？　そちらも拝見したかったですわ」

拗《す》ねたように言うリズは可愛《かわい》い。

つい甘やかしたくなってしまう。

結局、来年にはリズ達も成人するから、そのときは一緒に舞踏会に行きましょうということになった。

目立つのは苦手だけど、リズがとても喜んでくれたので、まぁいいか。

リズとの約束を聞いていた侍女さん達も何だか喜んでいたし。

その後も暫《しばら》く、王立学園《アカデミー》での生活等について三人で話していると、舞踏会の準備をしなければいけない時間となった。

楽しくて、つい話しこんじゃったわ。

そして、また殿下も一緒にお茶会をしようと約束して、臨時のお茶会は終了となった。

◆

夜の帳《とばり》が降りはじめた頃《ころ》、部屋にお迎えが来た。

ソファーから立ち上がり、少し緊張しながら、入り口の方を見る。

部屋に入って来た団長さんは、こちらを向いて、目を見開いた。

「今日はよろしくお願いいたします」

「あぁ……」

挨拶《あいさつ》をしても団長さんはこちらを凝視したまま、言葉が出ないといった風だ。

やっぱり服に着られている感が満載なんだろう。

自分でもよく分かっているので、ドレスが似合っているかなんて聞けない。

今着ているドレスは、いつものよりも更に豪華だ。

昼に着るドレスと違って、ドレスの彼方此方《あちこち》に宝石が縫い付けられていて、動く度に明かりを反射して煌《きら》めく。

宝石が付けられているだけでも十分に豪華だけど、生地も重厚な物が使われていた。

生地は光の加減で金色に見え、ローブの刺繍《ししゅう》と同じ意匠の地模様が入っている。

加えて、胸元や肘《ひじ》先は幾重ものレースに覆われ、所々が濃い金色のリボンや立体刺繍で作られた花などで装飾されていた。

総じて、いつもより華やかなのは間違いなく、似合っているかどうか自信がない。

侍女さん達は似合っているって言ってくれるから、否定するのは心苦しい。

けれども、庶民としては、どうしても自信が持てないのよ。

反して、団長さんは流石《さすが》だった。

いつもの騎士服ではなく、舞踏会用の格好をしていても、非常にしっくりと似合っていた。

ジュストコールは光沢のある紺青色の生地で仕立てられ、襟や前立て、裾《すそ》に沿って金色を主体に緻密《ちみつ》な刺繍が施されている。

中に来ているベストは白い生地で、全体に色とりどりの草花が刺繍された物だ。

騎士服に比べれば非常に華やかなのに、私と違って着られている感じがしないのは、元の素材と育ちが良いからに違いない。

思わず見惚《みと》れてしまって、挨拶が出来た自分を褒めたいくらいだった。

「……、すまない。とても綺麗《きれい》で見惚れていた」

「え?」

お互いに言葉が続かず、お見合い状態だったのだけど、口火を切ったのは団長さんだった。

投下された言葉の威力が高くて、次の言葉が出てこない。

回数は少ないけど、ドレス姿で会う度に褒めてくれていたというのに、今日は何て攻撃力が高いのだろう。

着飾った団長さんの攻撃力は、当社比三倍はあると思う。

脳内でそんな風に思っても、恥ずかしさは落ち着かず、じわじわと頬《ほお》が熱くなる。

だから、何か話して誤魔化《ごまか》そうとして、つい口に出てしまったのだ。

「ホーク様も……」

「え？」

「あっ！　いえっ！　何でも！」

落ち着いて！

何を言おうとしているの!?

言い掛けた言葉の恥ずかしさに、途中で気付いて盛大に慌てた。

ただ、誤魔化しきれなかったようで、団長さんの頬もほんのりと色付く。

この空気、どうしたらいいの!?

再びお互いに何も話せなくなってしまったところで、小さな咳払《せきばら》いが聞こえた。

「お時間が迫っておりますので」

「あっ！　ごめんなさい！」

咳払いの主は、団長さんと一緒に来たらしい文官さんだった。

ハッと気付けば、周りにいた侍女さん達も笑顔でこちらを見ている。

いやーっ！

ま、またやってしまった……。

いつかの再現に、心の中で頭を抱える。

涙目になりつつ、微妙な表情の文官さんに謝って、舞踏会の会場へと足を向けた。
舞踏会は、昼間のお披露目会とは違う広間で催される。
王宮で最も広い部屋の扉は、部屋の広さに比例してか、謁見の間の扉並みに大きい。
広間に入るために並んでいる人達の一番後ろに並びながら、扉を見上げる。
広間への入場は爵位の低い人達から始まり、爵位の高い人は最後の方で入場する。
もちろん、【聖女】である私の順番は、主催者である国王陛下を除くと最後だ。
そのため、入り口に到着したときには、既にほとんどの参加者が入場していた。
広間に入る際には係りの人から名前を呼ばれる。
広間に居る人達に向かって、誰が来たかを知らせるものらしい。
舞踏会へは招待客の一人として参加するけど、間違いなく注目を浴びるわよね。
多くの人の視線が集まることを想像すると、嫌でも緊張する。
「緊張してるのか?」
「それはもう」
緊張で硬くなってしまったことが伝わったのか、団長さんに心配された。
問い掛けを肯定すると、団長さんの腕に回している手の甲を宥《なだ》めるように撫《な》でられる。
団長さんの方を見ると、穏やかな笑顔が目に入った。
心配はいらないと言われているようで、少しだけ肩の力が抜ける。
そうね。

お披露目会と違って、今回は団長さんが隣にいる。

掌《てのひら》に感じる温かさに勇気を貰《もら》って、扉の前へと足を進めた。

「ホーク辺境伯家、アルベルト・ホーク様。セイ・タカナシ様」

名前を呼ばれると同時に広間へ入ると、案の定、会場中の人の視線がこちらを向いた。

講義で学んだ通り、笑みを浮かべているつもりだけど、引き攣《つ》っていないか心配だ。

広間の奥に置いてある玉座に集中して、周りの人を意識から外し、何とか緊張をやり過ごした。

団長さんが導くままに、玉座の近くへと向かうと、周りに人が自然と避《よ》けてくれる。

【聖女】パワーかしら。

まるでモーセの海割りのよう。

遠い目になりつつ玉座の前まで進み出て、足を止めると、幾許《いくばく》もしないうちに国王陛下が玉座脇《わき》のドアから広間へと入ってきた。

そして、開会の挨拶が始まる。

挨拶でも魔物の減少について話され、会場の雰囲気は明るいが、私はそれどころではない。

この後のことを考えると、解《ほぐ》れた緊張もぶり返し、全く余裕はない。

偉い人の挨拶にしては短い時間で終わり、陛下が右手を上げると、待機していた楽団が演奏し始めた。

いよいよか……。

団長さんのエスコートで広間の中央へと進み出る。

指定位置に着いたら、団長さんの腕から手を離し、向かい合った。

団長さんのお辞儀にカーテシーで応え、踊り始める。

ステップを思い出しながら、音楽に合わせて体を動かす。

たとえ脳内は慌ただしくとも、笑みを浮かべ、優雅に見えるように。

必死になりながら踊っていると、団長さんに話し掛けられた。

「セイ」

「はい」

「私を見て？」

そういえば、相手の顔をちゃんと見ていないといけなかった。

正面に固定していた顔を上げると、甘やかに微笑《ほほえ》む団長さん。

熱を帯びた視線の直撃を受けて、ステップがずれたけど、団長さんがすぐにフォローしてくれたので立て直せた。

一杯一杯な状態で、そんな攻撃をして来ないで欲しい。

「すみません。ありがとうございます」

「いや、こちらこそすまない。緊張しているようだったから、つい」

フォローのお礼を言うと、団長さんからも謝られてしまった。

確信犯か。

視線で非難すれば、重ねて「ごめん」と謝られる。

でも、謝りながらも笑顔なのはどういうことでしょうか？

踊っている最中だからというのもあるだろうけど、それにしては楽しそう。

私の緊張を解すためというより、揶揄《からか》われているような気がしてならない。

これ、少しだけ剥《む》くれてもいいわよね？

そんな応酬をしていると、ダンスが終盤に差しかかった。

良かった、何とか踊りきれそうだ。

「セイ。今日は一緒に踊れて嬉《うれ》しかった。ありがとう」

「私もです。ありがとうございます」

ホッとしたのが伝わったのか、もうそろそろ終わるというところで、再び団長さんから声を掛けられる。

笑顔で応えたところで、ちょうどダンスが終わった。

最後に、団長さんと一緒に、カーテシーでお辞儀をすると、周りから拍手が起こった。

◆

一仕事終え、団長さんに連れられるまま壁際へと移動する。

すれ違う人は、次に奏でられる曲で踊る人達だろう。

舞踏会というだけあって、ダンスはまだまだ続くようだ。

向かった先には所長がいた。

いつもとは違った雰囲気の格好をしていたので、一瞬分からなかった。

所長も団長さんと同じように舞踏会用の格好をしていて、いつもよりも華やかな衣装を着ていたのよね。

こうして見ると、所長も中々の男前だと思う。

所長は近くを歩いていた給仕の人から、飲み物を受け取り、私達に差し出してくれた。

「お疲れさん」

「ありがとう」

「ありがとうございます」

グラスを軽く掲げてから口を付ける。

アルコールかと思ったけど、果実水だったようだ。

踊った後で喉《のど》が渇いていたので、所長の心遣いが嬉しい。

「王宮で学んだだけあって、上手《うま》く踊れてたじゃないか」

「そうですか？　踊ってる最中はステップを間違えないようにするので一杯一杯だったんですよね」

「ちゃんと踊れてたぞ。まぁ、少しくらい間違えてもアルがフォローするから問題ないんじゃないか？」

「あんなに注目されていたら、そんな風に思えませんって」

自分が踊ってないからって、気軽に言うのは止《や》めて欲しい。

そう思ったのは私だけじゃなかったようで、団長さんが続けて恐ろしいことを言った。

「そう思うなら、ヨハンも踊ってきたらどうだ？」

「おいおい、社交から遠ざかってた俺に無茶を言うなよ」

「だが、お前が踊らないと……」

嫌がる所長に対して、少し声を落として、団長さんは何かを言い掛けた。

団長さんはグラスに口を付けながら、最後まで言わずに視線を横へと逸《そ》らす。

同じように視線だけで周りを見回した所長が、大きく溜息《ためいき》を吐《つ》いた。

「まぁ、こうなる気はしてたから、来たんだけどな」

「予想通りではあるな」

二人だけが分かった雰囲気を出して、疲れたような表情を浮かべた。

どうしたのかしら？

気になって私も周りを見ようとしたら、所長に止められた。

そうして、咳払いをした後、所長の纏《まと》う雰囲気が変わった。

「よろしければ、一曲お相手願えないでしょうか？」

余所《よそ》行きの物腰でダンスに誘ってくる所長の雰囲気に呑《の》まれて、すぐに返事ができなかった。

作ったような笑みを浮かべているのを見ると、所長も貴族だったんだなと、明後日《あさって》なことを考えてしまう。

目を丸くして凝視していると、表情はそのままで「返事をしろ」と小声で言ってくる。

慌てて、差し出された所長の掌《てのひら》に手を重ねると、所長はその手を自身の腕へと導いた。

「所長？」

「首を動かさずに周りを見ろ。狙《ねら》われてる」

「はい？　狙われてるって？」

狙われているなんて、随分と物騒な響きだ。

言われた通り、視線だけで周りを見ると、ちらほらとこちらを見ている人に気付いた。

所長と団長さん曰《いわ》く、私とお近付きになりたい人達だそうだ。

お近付きになるのに一番手っ取り早いのが一緒に踊ることだそうで、ダンスを誘おうと虎視眈々《こしたんたん》と狙われている状況らしい。

「知らない人間と踊るより、俺の方がまだマシだろ？」

「全くその通りですね」

所長の意見に、完全に同意せざるを得ない。

団長さんとですら余裕がないのに、顔見知りでもない人達と踊るなんてハードルが高過ぎる。

しかし、所長なら大丈夫かと言われると、一緒に踊ったことは一度もないので、足を踏まない自信はない。

もしも踏んでしまったら、後でポーションを差し入れよう。

下級ＨＰポーションでいいかしら？

そんなことを考えていると曲が終わり、次に踊る人達が中央へと移動する。

一緒に移動しながら、足を踏んでしまったらごめんなさいと、先に謝っておいた。

「ところで、所長は踊れるんですか？」

「どうだろうな？　舞踏会に来たのも久しぶりだし、自信は全くない」

「そうですか。足を踏まれた場合は下級ＨＰポーションで治ります？」

「足を踏まれたくらいで使うなよ。踏まないように努力はする」

ポーションの件で笑いながら、ダンスが始まった。

所長の自信がないと言う言葉は嘘《うそ》だと思う。

団長さんと踊ったときと感覚は違うけど、ちゃんとリードしてくれているので踊りやすい。

日頃《ひごろ》から接していることが多いからか、変に緊張することもないため、さっきよりも踊れている気がする。

気がするだけかもしれないけど。

「所長と踊り終わった後って、どうしたらいいんでしょうか？　ホーク様と所長と代わる代わるに踊っていればいいんですか？」

「アルはともかく、俺は止めとけ」

「一人だけ抜ける気ですか？　所長が抜けたら、ずっとホーク様と踊ることに？」

「それもいいが、今アルが援軍を探しに行ってると思うぞ」

「援軍？」

「あぁ、さっきの位置から動いているのが見えた」

踊りながら会話する余裕があったので、この後のことを聞いてみた。

他の人から誘われないためには、ずっと二人と踊っていればいいかと現実逃避をしていたのだけど、やっぱり所長から止められた。

分かってた。

同じ人と何回も踊るのは色々問題があるって、マナーの講義で学んだもの。

ならば、この後は見知らぬ人と踊る覚悟をしないといけないかというと、そうではないらしい。

どうやら団長さんが援軍を探してくれているようだ。

援軍って言われても、一体誰を連れてくるのかしら？

第三騎士団の人達だろうか？

顔見知りの騎士さん達の顔を思い浮かべつつ、曲が終わったので元の場所へと戻る。

そうしていると、確かに付き合いのある人達がそこにいた。

かなり予想外の人物だったけど。

「ごきげんよう、セイ様」

「ごきげんよう、ドレヴェス様」

まさか、この人が来ているとは思わなかった。

しかも、後ろにはインテリ眼鏡様もいる。

「セイ様が困っていると伺いまして、参上いたしました」

「それは……、ありがとうございます」

にこやかに笑みを浮かべる師団長様は、舞踏会用の衣装を着ていることもあり、王子様もかくやというほど麗しい。

しかし、魔法にしか興味がないと思っていた師団長様がいるとは驚きだ。

やはり、宮廷魔道師団のトップとして、それなりに社交をしなければいけないのかしら？

そう思っていたのだけど、そんなことはなかったらしい。

今回はインテリ眼鏡様に言われて、珍しく参加したようだ。

普段は言わないらしいのに何故《なぜ》だろうとインテリ眼鏡様の方を見れば、一言「兄に命じられたのだ」と返される。

兄？　えっ、兄？

頭にははてなマークが一杯飛んでいたけれども、次の曲に変わるというので、中央へと師団長様と共に移動した。

結果からいうと、予想外に師団長様はちゃんと踊れた。

戦闘狂と呼ばれるだけあって、魔法だけでなく運動神経もいいらしい。

けれども、リードには性格が出るようで、団長さんや所長よりもリードが強引だったような気がする。

人によって結構違うものなのね。

普段はダンスの先生とくらいしか踊らないから、勉強になった。

師団長様の次はインテリ眼鏡様だ。

インテリ眼鏡様が踊るのはとても珍しいらしく、中央に向かった時点でどよめきが起きた。

師団長様のときにも僅《わず》かにもざわめきは起こったのだけど、その比ではなかった。

それほど、インテリ眼鏡様が踊るのは稀《まれ》なことだったようだ。

ちなみに、インテリ眼鏡様のリードは団長さんの次に踊りやすかった。

ダンスの間には、軽い世間話なんかも振ってくれたし。

インテリ眼鏡様は、何気に気遣いの人だと思う。

後で所長に教えてもらったところ、団長さんを始めとして、この日一緒に踊った四人は滅多に舞踏会には出てこないことで有名らしい。

どうりで、向けられてくる視線に怖いものが含まれていると思ったわ。

そういうことは、最初に教えておいて欲しかった。

よく分からずに睨《にら》まれるのは胃に悪い。

事前に心構えがしたかった……。

何はともあれ、四人のお陰で無事に舞踏会を乗り切ることができた。

◆

お披露目会が終わり、再び落ち着いた日々が戻って来た。

存在が公になったことで、見知らぬ貴族の人達から何かしら接触があるかなとも思っていたのだけど、周囲は落ち着いたものだった。

「平和ですね」

「どうした？」

研究所の所長室で、所長にコーヒーを出しながら呟《つぶや》くと、カップを持ち上げて香りを楽しんでいた所長が視線を上げた。

「お披露目会からこっち、何も変わらず平和だなと」

「あぁ。王宮の方で対処しているんじゃないか？」

「王宮で？」

王宮で対処という言葉に首を傾《かし》げると、所長は詳しく説明してくれた。

舞踏会で所長達がガードしてくれたお陰で、私に近付けた人達はいなかった。

ただ、皆が皆それで諦《あきら》めるかというと、そうではない。

所長曰《いわ》く、諦めきれない人達が、何とか【聖女】とお知り合いになろうと、王宮にお茶会や舞踏会の招待状を送ってきているんじゃないかという話だった。

「招待状なんて受け取ったことありませんけど」

「だから、文官達が丁重にお断りしてるんじゃないか？」

「してるんでしょうか？」

「まだ魔物の討伐は終わってないんだろう？　それを口実に、断ってるんだろうな」

「そうですね。最近は行っていませんけど、黒い沼が確認されたら、すぐに行くことになりそうですし」

こちらも相変わらず、黒い沼が見つかったという連絡はない。

しかし、見つかればすぐに出動できるよう、待機中ではある。

もちろん、お茶会等よりも魔物の討伐の方が優先されるので、討伐を理由に欠席の返事をしているというのは納得できる話である。

「なら、暫《しばら》くはまた研究三昧《ざんまい》の日々になりそうですね」

「ははっ、そうだな」

所長と笑いながら話していたのがフラグになったのか、この目論見《もくろみ》はすぐに崩されることになった。

所長室から出ようとしたところで、ドアがノックされたのだ。

所長が応答すると、従僕さんと共に文官さんが入室してくる。

深刻な表情の文官さんから伝えられたのは、所長と共に、直ちに王宮に来るようにという言葉だった。

書き下ろし　1

ある日の朝、研究所の厨房《ちゅうぼう》はいつもより明るい雰囲気に包まれていた。

その理由は、お客様が来ていたからである。

しかも、男性ではなく女性の。

男ばかりの厨房に華やいだ声が響く。

その日はアイラちゃんが来ていた。

「セイさん、おはようございます！　今日はよろしくお願いいたします」

「おはよう、アイラちゃん。こちらこそ、今日はよろしくね」

アイラちゃんは朝食が終わって少しした頃《ころ》に研究所にやって来た。

以前、いつか一緒にお菓子作りをしようという約束をしていたのよね。

互いの休みが合った今日、漸《ようや》くその約束が果たせる。

厨房に入り、アイラちゃんが料理人さん達に挨拶《あいさつ》をすると、彼等《かれ》もにこやかに応対した。

いつもよりもイイ笑顔の人が多いような気がする。

アレか。

可愛《かわい》い娘《こ》が来たからか。

まぁ、そんな料理人さん達の気持ちも分からなくはない。

休日仕様のアイラちゃんは動きやすそうな服装とはいえ、薄黄色のワンピースと言っても良いようなドレスが、とてもよく似合っている。

白いエプロン姿と相まって、とても可愛い。

料理人さん達が朝食の片付けと昼食の準備をする傍らで、厨房の隅の方にアイラちゃんを案内する。

今日使う予定の材料は、作業台の上に用意してあるので、まずはこれらを計量するところから始める。

「日本にいた頃はよく作られていたんですか？」

「そうねぇ。学生の頃はよく作っていたわ」

「それじゃあ、ここに来る前は」

「さっぱり作ってなかったわね。忙しくて作る気が起きなくて」

正確に言えば、忙し過ぎて作る時間がなかったというのが正しい。

もしも時間があれば、作っていたと思う。

うどんやパンなんかも作っていたかもしれない。

小麦粉を練るのは、いいストレス発散になりそうだしね。

「じゃあ、昔はよく作られていたんですか？」

「そうでもないかな。偶《たま》に作ってたくらいよ」

「そうなんですか？　よく分量を覚えてましたね」

「覚えやすい分量だったのよ」

目を丸くしたアイラちゃんに感心したように言われて、照れてしまう。

褒められるほどのことではないのよ。

今日作る予定のパウンドケーキは、基本のレシピはとても覚えやすい分量だからね。

何てったって、小麦粉にバターに砂糖、そして卵、全《すべ》て同じ分量なんだもの。

どこかで見たその分量があまりにも覚えやすくて、忘れることができなかったくらいだ。

まぁ、こちらに来てから何度か作るうちに、多少分量を変えたけど。

クッキーの分量も同様だ。

ただし、こちらは小麦粉だけが他の二倍の量となる。

その割合を覚えていたから、こちらの世界に来てからも、比較的簡単に作ることができた。

ドライフルーツを入れた物なんかも、基本のレシピを基に、試行錯誤して作れたしね。

それらのことをアイラちゃんに言うと、それでもすごいと褒められてしまったけど。

「お菓子の材料って意外に沢山必要なんですね」

「そうね。特にバターや砂糖なんか、こんなに使われてるのかって思うわよね」

「そうですね。これでどれくらいの量ができるんですか？」

「今日は多めに作ってるから……」

これくらい、と作る量を口にすれば、アイラちゃんにビックリされた。

とはいえ、いつも作る量の一・五倍くらいだったりする。

どうせ作るなら一度に沢山作ろうの精神で、今日は多めに作る予定なのよ。

ここ暫《しばら》く、魔物の討伐に行ったりしていたのもあって、久しぶりに作るしね。

出来上がったお菓子は、所長やジュード、研究員さん達にもお裾《すそわ》分けしようと思っている。

もちろん、アイラちゃんにも出来上がった後に食べる分とは別に、お土産として渡すつもりだ。

それを伝えると、アイラちゃんは嬉《うれ》しそうに笑った。

「セイさんのお菓子って、宮廷魔道師団でも人気なんですよ」

「そうなの？」

「はい」

アイラちゃんにも何度かお菓子を渡したことがある。

仕事の休憩時間に食べているらしいのだけど、一緒に休憩している魔道師さん達にもお裾分けしているそうだ。

最初にお裾分けされた人が、甘さが控えめで食べやすいと言ったところから、口コミで評判が広がったらしい。

今では次のお裾分けを楽しみにしている人が多いのだとか。

そういうことなら、アイラちゃんには予定よりも多めに渡した方が良さそうね。

じゃないと、アイラちゃんの食べる分がなくなってしまいそうだもの。

「オーブンって……」

「オーブンはこっちよ」

「これですか？　えっ？　薪《まき》!?」

パウンドケーキの生地は型に流し込み、クッキーの生地は棒状にした後に数ミリの厚さに切り分ける。

クッキーが並べられた天板を持ったアイラちゃんがオーブンを探して厨房を見回したので、場所を教えた。

薪で火加減をしなければいけないと分かったアイラちゃんは、どうしたらいいのかと困った顔でこちらを見る。

「大丈夫よ」

「あっ！」

心配はいらない。

ここにはベテランの料理人さんがいる。

私の言葉通り、近くにいた料理人さんが笑顔で進み出て、アイラちゃんから天板を受け取った。

「ありがとうございます」

「いえ」

お礼を言うと、料理人さんも笑顔で返してくれる。

このやりとりもいつものことだ。

実は私もまだ上手《うま》く火の加減ができないのよね。

それで、料理を作るときの火加減は料理人さんに頼ることが多いのだ。

いつもお世話になっているので、料理人さん達には出来上がった料理を提供している。

今日ももちろん渡すつもりよ。

「焼き上がるまで時間があるから、お茶でも飲みましょうか」

「はい！」

お茶を飲まないかとアイラちゃんに提案すると、いい笑顔が返ってきた。

料理人さんからお湯を分けてもらい、二人分のハーブティーを淹《い》れ、食堂へと移動する。

今日のお茶はカモミールティー。

飲みやすくて、ついこればっかり飲んでしまう。

「お菓子作りって結構重労働ですね」

「そうね。日本と違って便利な道具が少ないから、余計にね」

二の腕を揉《も》みながら言うアイラちゃんに頷《うなず》いて返す。

便利な道具があっても、お菓子作りは重労働だった。

道具がない状況では、更に大変になるのは言うまでもない。

パウンドケーキであれば、生地の量が多くなるほど、混ぜる際に力が必要になる。

もしも魔法がなければ、明日の朝には筋肉痛になること間違いないだろう。

だから、今日も途中で魔法を使った。

こんなことに魔法を使うのは私くらいだと思う。

予想通り、アイラちゃんも驚いていた。

まさか、お菓子作りのために身体強化の魔法を使うとは思わないわよね。

ちなみに、料理人さん達が料理の際に魔法に頼ることはない。

一緒にお菓子を作るときには、己の腕のみで重労働をこなしてくれる。

魔法が使える者がいなくても作れるように、普段から鍛えることが大事だからだ。

そんな料理人さん達には頭が上がらない。

「教えてもらって自分でも作れないかと思ってたんですけど、焼くことを考えると一人では作れなそうです」

「私も料理人さん達に手伝ってもらってるしね。一人で作りたかったの？」

「はい。いつも誰かに頼ってしまうのは良くないかなと思って。でも、よくよく考えたら作る場所もないから、初めから無理な話ですね」

「そうねぇ」

作る場所かぁ。

水に関しては魔法付与した核を使えば、水道のような物を再現することができる。

何より、アイラちゃんは水属性魔法が使えるから流しさえあれば問題ないだろう。

ただ、竈《かまど》に関しては、どうだろう？

水と同様に魔法付与した核を使えば、コンロのような物を作ることができるのだろうか？

それさえできれば、小型のキッチンを作れそうな気がする。

「火属性魔法を魔法付与して、コンロみたいな物を作れないかしら？」

「あっ！　似たような物ならあります！　でも、お湯を沸かすくらいしかできないんですよね」

考えていたことをアイラちゃんに話すと、既《すで》に似たような物があることを教えてくれた。

けれども、水を温めるくらいの火力の物しかないらしい。

お湯といっても、少し温《ぬる》いのだそうだ。

もう少し、火力を上げられないだろうか？

そう考えていると、厨房の方から良い匂いが漂ってきた。

そろそろお菓子が焼き上がりそうだ。

一旦《いったん》話を区切って、アイラちゃんと二人、厨房へと足を運んだ。

◆

第三騎士団の隊舎の廊下を、団長さんの執務室へ向かって歩く。

手に持つのは、アイラちゃんと一緒に作ったお菓子だ。

甘い物が苦手な団長さんだけど、今回は基本のレシピで作った、シンプルな物なので多分大丈夫だろう。

そう思って、お裾分けに来た。

お裾分けしないという選択肢はない。

甘い物が苦手だと聞いたから、一時期持っていくのを止《や》めたら、しょんぼりされてしまったのよ。

あの悲しそうな表情で見つめられてしまっては、抗《あらが》えない。

執務室の近くまで行くと、執務室の扉脇に立っていた人がこちらに気付いて、中にいる人へと取り次ぎをしてくれた。

扉の前に到着すると、すぐに中へと案内してもらえる。

最初の頃は、扉の前に行って、用件を伝えてからでないと取り次いでもらえなかったのに、最近はＶＩＰ対応だ。

これでいいのかしら？　と偶に思うのだけど、誰《だれ》も何も言わないってことは問題ないんだろう。

そう思いたい。

「こんにちは」

「今日はどうしたんだ？」

執務室の中へと入ると、今日も今日とて、眩《まぶ》しい笑顔の団長さんが出迎えてくれた。

腕に下げていた籠《かご》を持ち上げる。

「アイラちゃんとお菓子を作ったので、それのお裾分けに来ました」

「セイのお菓子は久しぶりだな。ありがとう」

嬉しそうな笑顔で団長さんは籠を受け取り、部屋の中にいた従僕さんに手渡す。

従僕さんは慣れた様子で、籠を持って、部屋の外に出て行った。

多分、お茶の用意をしてくれるんだろう。

なんで分かるかって？

ここにお菓子を持ってきたら、毎回この流れになるからだ。

「セイも食べて行くだろう？」

「団長さんがよろしければ」

ほらね。

団長さんに勧められるままに応接セットのソファーへと座る。

暫くすると、従僕さんがワゴンを押して戻ってきた。

ワゴンに載せられたティーポットからは、紅茶のいい香りがする。

「今日はパウンドケーキとクッキーか」

「はい。基本のレシピで作ったので、ホーク様には少し甘過ぎるかもしれないのですが……」

「大丈夫だ。いただこう」

従僕さんが紅茶の入ったカップと、切り分けたパウンドケーキとクッキーが載せられたお皿をテーブルへと置いてくれた。

いつもであれば、団長さんには他《ほか》の人よりも甘さ控え目にした、特別仕様の物を持ってくる。

けれども、今日持ってきたのは皆と同じ物だ。

大丈夫だとは思うけど、口に合うか心配な気持ちがない訳ではない。

だから予防線を張ったのだけど、団長さんは意に介した風もなく、パウンドケーキを口に運んだ。

団長さんが咀嚼《そしゃく》するのをドキドキしながら見つめ、感想を待つ。

どうだろうか？

「美味《うま》い」

一言だけど、笑顔と共に言われた感想に、ほっと胸を撫《な》で下ろした。

安心したので、私もパウンドケーキのお皿を手に取る。

「ミソノ殿と作ったんだったか？」

「はい。以前、アイラちゃんとお菓子を一緒に作ろうって約束してたので」

「そうか」

「それで、今回は基本となるレシピで作ったので、砂糖の分量がいつもよりも多くて」

「それで甘さが強いと。セイの言う通り、甘さは強いが、これくらいなら大丈夫だ」

「良かった」

大丈夫だという言葉には安心できるけど、次回からはまた団長さんの分はお砂糖控え目にしておこう。

念のために確認すると、団長さんは少し口籠《くちごも》った後に、申し訳なさそうに頷いた。

普通の甘さの方がいいって言われたらその通りにするとも言ったんだけど、やはり控えてある方が好みらしい。

「色々と気を遣わせてしまって、すまない」

「いえ、美味《おい》しく食べていただきたいですから好みを教えていただけた方が助かります」

「ありがとう。だが、貰《もら》ってばかりというのも気が引けるな……」

団長さんが顎《あご》に手をやりながら、不穏なことを呟《つぶや》く。

これは、アレか？　いつもの遣《や》り取りだろうか？

「セイは何か欲しい物はないのか？」

「特にありませんね。お気持ちだけで……」

予想通り、団長さんの口からいつもの台詞《せりふ》が飛び出す。

このところ、何かにつけて団長さんは私に欲しい物がないかと聞くのだ。

物の種類を問われるようになっただけマシになったんだけどね。

だって最初の頃は……。

「最近は細身のスカートも流行《はや》っているそうだから、新しいドレスなんかはどうだ？」

「いえ……。お菓子のお礼にそんなに高価な物をいただくのは……」

最初の頃に限らず今もだった。

毎回お断りしているのだけど、まだ諦《あきら》めてなかったらしい。

そう、聞かれ始めた頃は、どんなデザインのドレスがいいかとか、ドレス限定で話をされたのよね。

それを断ると、次はアクセサリー限定で話をされて。

アクセサリーもピンキリだから、もしかしたらドレスよりも安いのかもしれない。

けれども、一度頷くとドレスよりも高価なアクセサリーを贈られそうで、怖くて頷けないのよね。

だから、今日もお断りをしたんだけど、いつもとは違って、今日は続きがあった。

「これは私の我が儘《まま》なんだが……」

言い淀《よど》んだ団長さんが、眉《まゆ》を下げてこちらを見る。

我が儘って、何だろう？

いや、ドレスを贈らせて欲しいとかだろうか？

いや、アクセサリーも含めれば、何でもいいから何かを贈りたいとか？

それは我が儘になるのかしら？

一方的に私が得をするだけな気がする。

首を傾《かし》げて先を促すと、団長さんは徐《おもむろ》に口を開いた。

「普段着るような物でもいいんだ。ただ、セイに私が選んだ物を身に着けて欲しくて……」

「普段着るような物、ですか？」

「あぁ」

バツが悪いといった風に視線を逸《そ》らしながら、団長さんはそう言った。

確認するように同じ言葉を繰り返すと、こちらの様子を窺《うかが》うような視線が投げられる。

捨てられた子犬のような目で見られると、断ろうと思っていた気持ちがグラついた。

どうしよう。

普段着なら、いただいてもいいのかしら？

「セイは、青色は好きだろうか？」

「青色ですか？」

「そうだ。薄い青色の生地が似合いそうだと思って」

青といっても色々な色味がある。

団長さんが言う薄い青はどんな色だろうか？

水色、空色、勿忘草色《わすれなぐさいろ》……。

白菫色《しろすみれいろ》なんていうのもある。

あの辺りだと、団長さんの瞳《ひとみ》の色に近いかもしれない。

それって……。

一瞬、この国の風習を思い出して、鼓動が跳ねた。

いや、待て。

落ち着こうか。

まだ、団長さんの色だとは言われていない。

ほんのりと頬《ほお》が熱くなったのを自覚しながら、視線を足元に向ける。

「そ、そうですね。青色は好きです」

「そうか！」

「えーっと。薄い青色の生地なら、青色の石を使ったアクセサリーとか合いそうですよね」

質問に回答すると、団長さんの嬉《うれ》しそうな声が聞こえる。

何だか落ち着かなくて、慌てて別の話題をと口にしたのがいけなかったのか、続けた言葉で墓穴を掘ったような気がした。

多分、気のせいじゃないだろう。

何故《なぜ》ここでアクセサリーの話題を提供した！

心の中で自分にツッコミを入れるも、時すでに遅し。

団長さんは嬉しそうに、「一粒ならサファイアも」なんて呟いている。

いやいや、サファイアは十分高価ですよ。

あー、もう！

何か、何か別の話題を……。

そうだ！

「団長さんは……」

「ん？」

「団長さんの普段着はどういう色が多いんですか？」

「私の？　そうだな。暗めの色が多いが」

「暗めですか」

よし、私の衣装から話題が逸れた。

けれど、暗めの色か。

団長さんの容姿であれば、割と何色でも合いそうだけど。

そう思っていたら、団長さんから質問が飛んできた。

「セイは、どんな色が私に似合うと思う？」

「えっ？　そうですね……」

何かを期待するような視線は、何となく温度が高い。

それは、アレでしょうか？

私の口から言わせたいのでしょうか？

口にするのはとても恥ずかしいのですが。

頬の温度が上がるのを感じつつ、どうやってこの場を切り抜けようかと、頭を悩ませた。

◆

「あれ？　それってセイのクッキー？」

不意に後ろから掛けられた声に、アイラの心臓はドキリと跳ねた。

丁度、数人の同僚と共に休憩を取っていたところで、悪いことをしていた訳ではない。

けれども、宮廷魔道師団の長であるユーリの声に、何となく居心地の悪さを感じたのだ。

同僚と共に声のした方を見上げると、副師団長のエアハルトもいた。

益々《ますます》もって、胃の辺りがきゅぅっと痛くなった。

上司に休憩しているところを見られるというのは、酷《ひど》く落ち着かない。

「よく分かりましたね」

「んー、だってセイの魔力が見えるし」

休憩のお茶請けにと、アイラが提供したクッキーは、確かにセイが作った物だ。

一見しただけで、それを看破したユーリに驚いた同僚が感嘆の声を漏らせば、ユーリは事も無げにクッキーに含まれる魔力を見たのだと言う。

ユーリが魔力を見ることができるのは周知の事実ではあったが、作製物に含まれる物も対象だったのかとアイラは驚いた。

「ねぇ、これ一つ貰ってもいい？　疲れちゃって甘い物が欲しくなっちゃったんだよね」

「えーっと」

ユーリとエアハルトの二人が揃《そろ》って、外から戻って来たということは、王宮で会議があったのだろう。

疲れたというユーリに求められ、困った表情になった同僚がアイラを見た。

視線を受けたアイラはおどおどとしながらも、「どうぞ」とクッキーの皿をユーリに差し出した。

「うん、美味しい」

ユーリは人差し指と親指でクッキーを一枚摘《つま》み、口の中に放り込む。

口に含んですぐに口元が緩んでいる辺り、クッキーは口にあったようだ。

続いたユーリの一言を聞いて、アイラはほっと胸を撫で下ろした。

そんなユーリの様子をエアハルトが見ているのに気付いたアイラは、慌ててエアハルトにもクッキーを勧めた。

一人だけ食べていないという状況に、落ち着かない気持ちになったからだ。

勧めた後すぐに、勧めてしまって良かったんだろうかと不安になる。

仮にも上司、しかも宮廷魔道師団のナンバー2だ。

不敬に当たらないかと、ドキドキした。

しかし、そんなアイラの心情とは裏腹にエアハルトの長い指がクッキーに伸びた。

表情は変わらなかったが、軽く頷《うなず》いたということは、美味しかったということでいいのだろうか？

そんな風にアイラが考えていると、ユーリが口を開いた。

「これ、アイラも一緒に作ったの？」

「え？」

「君の魔力が含まれている物もあるんだけど」

「あっ、そうです」

突然の指摘に、アイラが慌てて肯定すると、ユーリは感心したように「へー」っと言いながらクッキーを掲げた。

一緒に休憩をしていた魔道師達も、少し驚いた表情でアイラを見る。

貴族が多い宮廷魔道師団では、貴族の御令嬢と同様に、アイラも料理を作らないと思われていたようだ。

「アイラもクッキーが作れるんだね」

「はい。簡単な物でしたら」

「だったら、また今度作ってくれない？　甘い物好きなんだよね」

「えっと……」

ユーリの申し出に、アイラは眉を下げた。

作るのは構わないが、作る場所が問題になる。

セイがいる薬用植物研究所には厨房《ちゆうぼう》があるが、宮廷魔道師団にはない。

セイに言えば厨房を貸してもらえるだろうが、そうそう借りる訳にもいかないだろう。

故に、アイラは返答に困った。

「無理を言うな」

「えーっ？」

「菓子が食べたければ自分で買ってくればいいだろう」

「市販のは甘過ぎるんだよ」

エアハルトの言葉に、ユーリは口を尖《とが》らせる。

トップ二人の遣り取りに、アイラ達はどうしたらいいかと視線をオロオロと彷徨《さまよ》わせた。

「そもそも、どこで作るんだ？」

「どこって」

「ここには菓子が焼けるような設備はないぞ」

「あー。そうだね」

アイラが悩んでいたことを気付いた訳ではないだろうが、エアハルトは場所が問題であると口にした。

ユーリも指摘されて気付いたようで、残念そうに肩を落とす。

しかし、すぐ様表情を明るくした。

「なら、ここにも作ればいいんじゃないかな？」

「なに？」

「設備を作れば、焼けるんだよね？」

いいことを思い付いたという風に、ユーリはアイラへと視線を移す。

それにオズオズとアイラが頷きを返すと、エアハルトの眉間《みけん》に盛大な皺《しわ》が寄った。

それはそうだろう。

設備を作るとなると、それなりにお金が掛かる。

けれども、宮廷魔道師団にそんな予算はないのだ。

「設備を作るって、どれだけ金が掛かると思っている」

「えー、ないの？」

「ある訳ないだろう」

バッサリと切り捨てるエアハルトに、再びユーリの口が尖る。

その横で、アイラは考えていた。

確かに、薪《まき》を使うオーブンを作ろうと思えば、それなりに工事が必要となるだろう。

ただ、あのとき、セイが言っていたような魔法付与された道具ならば？

「あの……」

口を開いたアイラに視線が集中する。

そのことに緊張しながらも、アイラはセイと話した内容を周りに説明した。

今は火属性魔法を付与しても、お湯を温めるくらいの火力しか出ないが、もう少し火力が高い物ができないだろうかと。

それがあれば、箱型のオーブンが作れるかもしれないと。

魔法付与に使う核と厨房の工事費のどちらが高いかはアイラには判断できなかったが、こういう考えもあると伝えるだけ伝えた。

案の定、エアハルトの眉間には皺が寄ったが、魔法の話となったからか、ユーリはとても乗り気だった。

結局、予算の兼ね合いでエアハルトの許可は下りなかったのだが、大分後になってユーリは私費で箱型のオーブンを開発してしまった。

養家からの潤沢な資金と、火属性魔法を高いレベルで扱えるユーリならではだろう。

高過ぎる製作コスト故に市販されることはなかったが、作り終えたユーリは非常に満足そうな顔をしていた。

日本の電気で動いていたオーブンについて、根掘り葉掘り聞かれることになった二人はグッタリしていたが。

そうして出来上がった箱型オーブン第一号が宮廷魔道師団に設置されたのは、言うまでもない。

書き下ろし　2

「いかがですか？」

「うまい」

「いや、そうじゃないだろう」

パスタを食べ終わった騎士さんに声を掛けるも、返ってきたのは期待していた答えではなかった。

思わず苦笑いを返せば、すかさず別の騎士さんからツッコミが入る。

つっこまれた騎士さんは笑いながら頭を掻《か》いた。

薬用植物研究所の食堂は、いつもよりも人が多く、賑《にぎ》やかだった。

普段であれば研究所の関係者くらいしかいないんだけどね。

今日は、とある調査を手伝ってもらうために、第三騎士団の騎士さん達が来ているせいだ。

調査というのは、クラウスナー領で見つけた古代小麦に関するものだ。

クラウスナー領で見つけた古代小麦を使った料理には、ＨＰの回復に関係した効果がある。

そこまではクラウスナー領にいるときに分かった。

しかし、単純な回復効果なのか、自然回復量増加の効果なのか、詳細は不明だった。

今回の調査では、その詳細を調べる予定だ。

調査自体は、いつものように研究員さん達だけでも行えなくはない。

ただ、古代小麦の効能はＨＰの回復に関するものだ。

研究員さん達よりも、日頃からＨＰの消費がある騎士さん達の方が些細《ささい》な変化にも気付きやすいだろうと、第三騎士団の皆様が協力してくれることになった。

まぁ、それは建前。

実のところ、パスタを食べたかったからというのが騎士さん達の本音だ。

「ステータスをちゃんと見とけよ。調査に協力するってんで来てるんだから」

「そうだぞー」

「ＨＰが回復する毎《ごと》に教えてくださいね」

「おぅ！」

「了解！」

声を掛けると、威勢のいい声がそこかしこから返ってきた。

食事は終わったので、次はステータスを確認してもらう。

騎士さん達は自分のステータス画面を開き、注意深くＨＰの変化を見ていた。

変化の記録は、それぞれのテーブルにいる研究員さん達が行う。

騎士さん達はＨＰの変化がある度に、同じテーブルの研究員さんに報告を行ってもらう形にしている。

「お疲れさん」

「ありがとうございます」

後は記録するだけとなったので、私も食事をしようと食堂の隅にあるテーブルに移動した。

調査の陣頭指揮を取っていたので、自分の食事は後回しにしていたのよね。

テーブルには所長と団長さんも座っていて、近付くと労《ねぎら》いの言葉を掛けてくれた。

一人で食べる予定だったんだけど、所長と団長さんも待っていてくれたらしい。

席に着いて一息吐《つ》いたところで、料理人さんが人数分のパスタを運んで来てくれた。

「大勢で押しかけてしまって申し訳ない」

「いえ、協力してくれる人が多い方が調査にはいいですから」

「それでも準備が大変だっただろう？」

「あははは……」

団長さんの質問は笑ってごまかした。

はっきりと言ってしまうと気にしそうよね、団長さん。

それでも伝わってしまったらしく、団長さんの眉《まゆ》がへにょりと下がる。

ごめんなさい、大変じゃなかったとは言えないです。

調査の準備は中々に大変だった。

参加者を第三騎士団で募ったところ、ほぼ全《すべ》ての騎士さん達が手を挙げたからだ。

パスタ大人気。

どうも、一緒にクラウスナー領に行った人達がパスタの美味《おい》しさを広めたのが原因らしかった。

もちろん、新しい料理を食べたがったのは騎士さん達だけではない。

所長を始めとした研究所の面々もだった。

そのため、調査の準備で厨房《ちゆうぼう》は大忙しとなった。

一度目は研究所の料理人さん達に教えるために。

二度目は調査の準備で。

私もパスタ作りに勤しんだわ。

二度目は五割増しの呪いが働かないように、見ているだけだったから、私はまだマシな方か。

料理人さん達は本当に大変だったと思う。

後でお菓子の差し入れでもしよう。

調査用に古代小麦を沢山仕入れたから、クレープでも作ろうかしら。

簡単だし。

「アルの言う通り、具は薬草だけなのに美味しいな」

「だろう?」

所長も団長さんからパスタの味を聞き及んでいたようだ。

所長の感想に団長さんが同意する。

「ありがとうございます。調査には具なしの方が良かったのかもしれませんが……」

「それは暴動が起きそうだな」

古代小麦の効能を調べるならば、いっそ具なしのパスタの方がいいような気がした。
でも、塩味の麺《めん》だけ食べるのは微妙よね。
そう考えて、ちゃんと具ありにしたのは正解だったらしい。
暴動、暴動か。
団長さんから暴動が起こるって言われて、思わず騎士さん達が座っている方を見た。
団長さんが起こす訳じゃないですよね？
それから、所長。
パスタを咀嚼《そしやく》しながら頷《うなず》かない。
「『ステータス』。……やっぱり、分からんな」
「HPが減ってないんですから、変化はないでしょう？」
「それもそうだな」
パスタを食べ終わった所長がステータスを見て呟《つぶや》く。
事務仕事しかしてない私達が、HPが減る状況になることなんてほとんどない。
軽い毒、例えば下剤なんかを飲めば変化はあるのだけど、それはちょっとね。
研究員さんからの、そんな提案は丁重にお断りしておいた。
騎士さん達にも、調査前に訓練でHPを減らしてから来てもらった。
そのせいで多めに用意したパスタが完売したのは予想外だったわ。

騎士さん達の食欲を舐《な》めていたかもしれない。

次の調査のときは、もっと量を用意しておこう。

そう、調査は今日だけではない。

この後も料理を変えて行う予定だ。

料理の種類によって効果が付いたり付かなかったりするのか、それとも古代小麦を使えば必ず付くのか。

そういうところも、調べようと思っている。

そして、古代小麦の調査は継続された。

その度に沢山の料理を作る羽目になったけど、苦労は報われたわ。

古代小麦を使った料理にはＨＰの自然回復量増加の効果が追加されることが分かったのだ。

この結果を元に、王宮で使われる小麦の見直しが行われることになった。

騎士団の携帯食に使われる小麦を古代小麦に変えたりするらしい。

魔物の討伐中に食べることが多い携帯食にＨＰの自然回復量増加の効果が追加されるのは、良いことよね。

研究所の食堂で使われる小麦については今まで通りだ。

普段、ＨＰが減ることのない研究員さん達に、態々《わざわざ》ＨＰの自然回復量増加の効果付き料理を振る舞う必要はないからね。

ただ、元の世界では古代小麦は体に良いと言われていた。

この世界でも料理スキルで付与される効果以外に、そういう効果が見られたりするのか、少し興味がある。

「どうした？」

「いえ、少し考えごとを……」

「何を考えていたんだ？」

今回の調査結果を報告書に纏《まと》めながら、考えごとをしていると、所長から声を掛けられた。

私の手元にある書きかけの報告書をチラリと見た後、所長は考えていた内容について聞いてくる。

古代小麦は料理スキルに関係なく、薬膳《やくぜん》のように体に良い効果があるのか気になるという話を伝えると、所長は顎《あご》に手をやりながら口を開いた。

「どうだろうな？　あるとは思うが、断言するには調査が必要だろうな」

「そうですよねぇ」

結局のところ、調査が必要だというところに落ち着くのだ。

薬用植物研究所という場所柄、研究テーマとしては問題ない。

ただ、料理スキルで付与される効果のように、すぐに効果が分かるものではないので、気長に研究を続ける必要があるだろう。

あれこれと色々な研究に手を出している身には時間という制限があり、追加でこのテーマに手を出すのは難しい。

思い付いたけど、暫《しばら》くは保留ね。

そう結論付いたところで、再び報告書作成へと戻った。

書き下ろし　3

「セーイー、お客さんだよ」

「はーい」

「応接室に通してあるから」

「ありがとう」

「所長も一緒だって」

「所長も？」

研究室でポーションを作っていると、部屋に入ってきたジュードから声を掛けられた。

所長も一緒に会うってことは、王宮の文官さんが来たのだろうか？

クラウスナー領から王都へと戻って来て、一ヶ月。

戻って来てからも、王宮からの要請で魔物の討伐へ出掛けている。

魔物の討伐というよりも、黒い沼の浄化と言った方が正しいかもしれない。

今まで要請されて行った地方には、必ず黒い沼があったしね。

【聖女】にとっては魔物の討伐や黒い沼の浄化は本業だろう。

しかし、研究所に籍がある私にとっては副業のようなものだ。

たとえ、戻ってきてからひっきりなしに討伐に出かけていたとしても、副業だと認識している。

私がそういう認識だからか、魔物の討伐に行く際には必ず王宮の文官さんが研究所へと来てくれた。

きちんと、直属の上司である所長に説明してくれるのだ。

ジュードの言うお客さんというのが王宮の文官さんなら、討伐の要請をしに来たのだろう。

今度はどこに行くことになるんだろうか。

「お待たせいたしました」

応接室に入ると、既《すで》に来ていた所長と文官さんが向かい合って座っていた。

普段であれば、座ったまま軽く一礼するだけの文官さんが、今日は立ち上がって正式な礼を返す。

えっと、何があったのかしら？

チラリと所長に視線を向けても、所長は黙ったまま肩を竦《すく》めるばかり。

取《と》り敢《あ》えず、こちらも返礼して、所長の隣に座った。

文官さんの話を聞くと、予想通り、魔物の討伐要請だった。

ということは、またどこかで黒い沼が見つかったのだろうか？

黒い沼って結構、彼方此方《あちこち》にあるのよね。

「黒い沼が見つかったんですね。今度はどちらに？」

「いえ、それが、その……」

てっきり黒い沼が見つかったのだと思い話を進めると、文官さんの口が重くなった。

視線を机の上に彷徨《さまよ》わせて、何かを答えあぐねているようだ。

どうしたのかしら？

何か思い当たることがあるかと、所長の方を向いたけど、所長にも分からないようだ。

互いに顔を見合わせて、首を傾《かし》げる。

暫く待っていると、漸《ようや》く考えが纏まったのか、文官さんが徐《おもむろ》に口を開いた。

「申し訳ありません、今回は黒い沼は見つかっていないのです」

「では、今回は単純に魔物の討伐だけなんですか？」

「はい」

確認すると、文官さんは頷いた。

相変わらず、彼の視線は机の上に固定されたままだ。

それに加えて、微妙に顔色が悪いような気がする。

もしかして、黒い沼は見つかっていないけど、魔物が大量に発生していて、深刻な事態に陥っていたりするのかしら？

文官さんの様子から今回の要請の背景を予想していると、絞り出すような声で文官さんが説明し始めた。

結論から言うと、深刻な事態には陥っていなかった。

むしろ他《ほか》と比べても、今回向かう予定だという地方の状況は平和そのものだそうだ。

王宮の調べによると、多少の魔物は出るけど、騎士団が赴かなくても済んでしまうくらいの量しか湧《わ》いていない。

けれども、騎士団すら過剰戦力だというのに、私へと依頼が来たのは理由がある。

うん、ただの権威付けだ。

理由を聞いて、思わずチベットスナギツネのような顔になってしまったのは、仕方ないわよね。

「お忙しいセイ様に、このような理由でお出ましいただくのは大変心苦しいのですが……」

文官さんは平身低頭な様子で、説明を続ける。

この非常時に、権威付けのためだけに【聖女】が出陣することを、王宮側も快く思っていない。

だから、何だかんだと理由を付けて、今までは断っていたのだそうだ。

しかし、相手も中々引かず、攻防戦は続けられた。

なまじ、相手の地位が高かったのも王宮側が押し切れなかった理由の一つだろう。

そんなときに、続いていた【聖女】の出陣が途切れた。

その隙を相手の貴族は見逃さず、ここぞとばかりに【聖女】の出陣を捻《ね》じ込んできたそうだ。

黒い沼という最強の盾が使えない王宮側は、遂に屈せざるを得なくなったらしい。

文官さんのグッタリとした様子から、攻防戦がとても大変だったことが窺《うかが》える。

意図せず溜息《ためいき》を吐《つ》いてしまうと、文官さんの顔色が青から白へと変化した。

ごめんなさい、呆《あき》れているのは文官さんにではないのよ。

呆れているのは相手にだ。

横目で所長を見ると、文官さんの苦労がよく分かるのか、憐憫《れんびん》の眼差しを向けていた。

「こういうことって、よくあるんです？」

「こういうことっていうのは？」

「そうですね……、強権発動っていうやつです？」

「あー、そうだな」

気持ち、声量を落として所長に問い掛けると、所長は苦笑いを浮かべて頷いた。

声量を落としたところで、正面に座っている文官さんには話の内容が丸聞こえだ。

気不味《きまず》いのか、益々《ますます》体を縮こませている。

さて、どうしようか。

依頼を受けないと、間に挟まれる文官さん達は大変よね。

だから、所長が許可してくれれば、行くのは吝《やぶさ》かではない。

でも、相手の態度がちょっと心に引っ掛かって、すんなりと頷くのには抵抗がある。

こういうこと、日本にいたときもあったなぁ。

考えごとをしている間に、所長はどの地方に行くのかを文官さんから聞いていた。

行き先を聞いた所長は、色々と思い当たる節《ふし》があるのか、文官さんに対して更に同情しているようだ。

相手は権力を笠《かさ》に着て、自分の要望を押し通すことで有名な人らしい。

「その地方の名産品って何ですか？」

「名産品でございますか？」

「はい。どうせ行くなら、名産品を堪能しようかと思いまして」

権威付けに拘っているような相手だ。

行ったら行ったで、何だかんだと理由を付けて、接待の場に引き摺《ず》り出されるのは間違いない。

日本とは違って、受ける側の立場だけど、面倒だなと思う気持ちは一緒だ。

そんな気の進まない遠征なのだから、楽しみでもないとやってられない。

どうせ行くなら、その地の名産品を堪能しよう。

今まで行った地方でも色々な物があったけど、果たして、今回の地方では何があるだろうか？

「あちらの名産品というと、豚でしょうか」

「豚？」

「はい。あちらは豊かな地でして、豚を多く飼育しているのです」

所長と共に、私の口からも遠征に前向きな発言が出てきたからか、文官さんの顔色が僅《わず》かに良くなった。

微《かす》かな笑みを浮かべて、その地の名産品について教えてくれる。

地位が高いというだけあって、治めている領地も豊かな場所のようだ。

豚を飼育できるってことは、領民の食料だけでなく家畜の餌も用意できるってことだから、豊かな地の証なのよね。

豚を多く飼育しているってことなら、もしかしたらハムやソーセージもあるかもしれないわね。

それは、ちょっと楽しみだ。

「どうした？」

「豚を育てているなら、豚肉を使った料理もあるかなと思いまして」

「あー、なるほど」

問い掛けてきた所長にニンマリと笑えば、所長もニヤリと笑みを浮かべる。

私は単純に接待で出される料理が楽しみなだけなのだけど、所長のその笑みは一体どういう意味かしら？

まぁ、考えていることなんて、お互い分かり切っているわよね。

豚肉が手に入るなら、研究所で作ってもいいですよ。

交わす視線で会話しながら、文官さんの方へと向き直る。

「いいだろう」

「分かりました。同行します」

「ありがとうございます！」

文官さんに了承の意を伝えると、土下座せんばかりの勢いで感謝された。

そうして、もう少し詳しい話を聞いて、解散となった。

帰りがけに、今日のおやつだったパウンドケーキをお土産として文官さんに渡した。

きっと件《くだん》の貴族を相手にするのは、とても大変だっただろうからね。

甘い物でも食べて、少しでも癒されて欲しい。

文官さんは、とても喜んでくれた。

◆

森の入り口の前で馬車から降り、背伸びをして体を解《ほぐ》す。

上げた腕を下ろすと、背後から土を踏み締める音が聞こえた。

振り返れば、日の光を反射する金色の髪が見える。

「疲れたか？」

「いいえ、大丈夫ですよ」

ニッコリと微笑《ほほえ》めば、団長さんも笑顔になった。

今日はいよいよ、いよいよ魔物の討伐に来ている。

ここに来るまで、長かった……。

王宮からの要請で来たものの、やはりというか、この地方は平和で、魔物が多くて困っていると
いうことはなかった。

事前情報通りね。

そして、予想通り、領主様の城に着いてからは、接待三昧《ざんまい》。

討伐の準備ができるまでと言われながら、何だかんだで一週間、お城に引き篭《こ》もることになった。

討伐の準備も何も、ほとんど魔物いませんよね？

私が接待されている間に、騎士さん達が調べてくださいましたよ。

元々分かっていたこととはいえ、何もしないのは流石《さすが》に落ち着かない。

そこで、領主様の引き止めを振り切って、森まで来たのだ。

とはいえ、騎士さん達の調査では、森の中にもあまり魔物はいないそうだ。

何回か討伐に出かけたら、鎮圧できたということにして、とっとと王都へ帰ろう。

帰ったら次の黒い沼が待っているかもしれないし。

これは、ここに来ている騎士さん達の総意でもある。

「やっぱり、いませんね」

「そりゃそうだろう。セイがいるんだし」

何班かに分かれて森の中に入り、歩くこと数十分。

一匹たりとも、魔物に出遭わなかった。

思わず口に出せば、一緒に歩いている騎士さんからツッコミが入った。

それを聞いて、他の騎士さんからも密《ひそ》やかな笑い声が上がる。

普段であれば、こんなことはないのだけど、あまりにも魔物が出なさ過ぎて、皆少し気が緩んでいるようだ。

団長さんですら、苦笑いを浮かべていた。

「そういえば、昨日の夜出たパスタってセイが作ったの？」

「そうですよ」

「やっぱり、そうかぁ。アレ、美味《うま》かったわ」

騎士さんが言う通り、昨日は騎士さん達の夕食にパスタ料理を作った。

卵とベーコンを使った、カルボナーラだ。

豚が名産品として有名だけど、牛も飼っているらしく、生クリームとチーズがあったのよね。

鶏も飼われているから、卵もあったし。

ベーコンはお城の料理人さんが作った物があった。

そこで、お城の厨房《ちゆうぼう》を借りて、作ったのだ。

パスタ料理はクラウスナー領でも作ったけど、ソースが違うってことで、新作料理を作りたいと言ったところ、領主様は快く厨房を貸してくれた。

もちろん、領主様一家に振る舞うのも忘れてはいない。

権威付けに【聖女】を呼ぶだけあって、【聖女】お手製の料理はとても喜んでいただけたわ。

お陰で騎士さん達の分の材料も提供してもらえたのだ。

これぞ、Ｗｉｎ—Ｗｉｎの関係。

なんちゃって。

「豚肉いいですよねぇ」

「そうだな」

「王都でも手に入らないかなぁ」

もしも王都で豚肉が手に入るなら、他にも作りたい料理がある。

それを口に出せば、隣を歩いていた団長さんの目が輝いた。

もちろん、騎士さん達もだ。

そこ、獲物を狙う目で見ないように。

一体どんな料理があるのかと聞かれたので、研究所にある材料で作れそうな料理を答える。

もっと色々と材料が手に入れば、他にも作れるんだけどね。

元の世界ほど色々発展していないこちらの世界では難しい。

それでも、団長さん達は新しい料理に思いを馳《は》せたのだった。

結局、森では奥の方で僅かばかりの魔物を倒しただけで、ほとんど魔物と遭遇することはなかった。

何度かそれを繰り返し、領主様に討伐の完了を宣言して、私達は王都へと戻った。

領主様には少し引き止められたけど、【聖女】が来たという実績はできたことで、強くは引き止められなかった。


「ただいま戻りました」

「おかえり」

王都へ戻った翌日、一晩休んで長距離移動の疲れが癒えたところで、所長室へと帰還の挨拶《あいさつ》をしにいった。

簡単に今回の討伐の内容を報告すると、案の定な内容に所長が笑った。

「そうか、ご苦労だったな」

「ありがとうございます」

「それで？　名産品とやらは堪能できたのか？」

「はい！」

所長は出発前に話していたことを覚えていたらしい。

名産品について聞かれたので、領主様のところで出された豚肉料理について話した。

料理については以前からスランタニア王国で食べられていた物ばかりで、所長も「それは食べたことがあるな」等と相槌《あいづち》を打ちながら聞いてくれた。

「新作料理は？」

「作りましたよ。豊かなところだって聞いていた通り、畜産品が色々あったんですよね」

「そうか。それでどんな物を作ったんだ？」

「カルボナーラっていうパスタ料理なんですけど、卵と豚の燻製《くんせい》肉を使ったソースでパスタを和えた物になります」

「豚肉の燻製か……」

カルボナーラについて説明すると、材料を聞いた所長が表情を難しいものに変えた。

王都でも豚肉の燻製は手に入らないことはないけど、ちょっとお高いからね。

「領主様がお土産にと燻製をくださったので、何回かは作れますよ」

「そうか！」

遠征のお礼なのか、王都に戻る際に多くの名産品を領主様からいただいたのよね。

もちろん、多少日持ちする燻製肉もいただいたので、カルボナーラを作るくらいなら問題ない。

そう伝えれば、所長は嬉《うれ》しそうに笑った。

そして、ふと何かに気付いたような表情をした。

顎《あご》に手を当てて何かを考え込んだ後、ニヤリと笑みを浮かべる。

何か、悪巧みを思い付いたらしい。

「どうしたんですか？」

「いや、研究所でも豚肉を仕入れようかと思ってな」

悪い笑顔を浮かべたまま、所長はその場で手紙を認め、部屋に控えていた従僕さんに手渡す。

宛先《あてさき》は王宮の文官さんにだ。

その時点で何となく所長が考えたことが分かった。

その予想が正しかったことは、一ヶ月後、前回要請に来た文官さんが研究所を訪れたときに証明された。

所長は文官さんに依頼して、件の料理をきっかけとして定期的に豚肉を仕入れることにしたようだ。

しかも、【聖女】が討伐に行った報酬として、非常に安く卸してもらえることになったのだとか。

本当に驚くほどの安い単価で、実家が商家のジュードが唸《うな》るほどだったわ。

どうも、文官さんが領主様との交渉を非常に頑張ってくれたみたいね。

満足のいく取引だったのだろう。

文官さんはとてもいい笑顔だった。
豚肉が安定供給されるならば、食堂のメニューが増やせそうね。
料理人さん達にお願いして、色々と作ってみよう。
まずは何を作ろうかと考えながら、王宮へと戻る文官さんの背中を見送ったのだった。

あとがき

こんにちは、橘《たちばな》由華《ゆか》です。

この度《たび》は『聖女の魔力は万能です』五巻をお手に取っていただき、ありがとうございます。

小説を刊行している人の間では、五巻というのは大きな節目《ふしめ》だという話を伺ったことがあります。

この節目まで何とか到達できたのも、いつも応援してくださる皆様のお陰だと感謝しております。

ありがとうございます。


恒例となってしまっていますが、カドカワBOOKSの担当W様、今回もスケジュール調整に奔走していただき、ありがとうございます。また、いつも詳細なプロットの相談に乗ってくださり、ありがとうございます。とても助かっています。

その他《ほか》の関係者の皆様も本当にありがとうございます。環境が少し整ったので、今回こそはスケジュール通りに作業を進められるだろうと思っていたのですが、想定が甘かったようです。本当に申し訳ありません。次回、次回こそは頑張ろう、私。


さて、五巻ですが、お楽しみいただけたでしょうか？

ここからはネタバレが入りますので、まだ本編をお読みいただだいていない方は先にそちらをお読みいただければと思います。

新しい町を登場させる際には、実在の町をモデルにすることが多いです。ただ、私は感想等を言葉にするのが苦手なためか、中々臨場感溢《あふ》れる描写が書けなくて、もっと精進しなければいけないなぁと反省することが多いです。

五巻でも新しい、モルゲンハーフェンが出てきましたが、こちらにもモデルとなった都市があります。

その都市は急な坂や丘がとても多く、また霧がよく発生することでも有名です。

実際にその都市を訪れた際にも、霧が発生していました。霧って本当に水の粒なんですね。顔に水滴が当たる感覚がして、最初は小雨が降りだしたのかと思ったくらいです。

山の中で霧が発生しているのに遭遇したことはあったのですが、大体いつも車の中にいるときだったので、その都市に行くまで霧の真っただ中に立つという経験がなく、霧の感触が小雨のように感じるものだとは予想もしていませんでした。

実際に経験してみると面白《おもしろ》いことが多いですね。

霧以外にも実際に経験して面白かったこととしては気温が挙げられるでしょうか。

一昨年の話になりますが、関西方面に出張に行った際に摂氏四十度を経験しました。

三十度台と四十度台では暑さが違うような気がします。あれは本当に暑かった……。

アスファルトの照り返しが本当に暑くて、砂漠でもこんな感じなんだろうか、なんて想像したりしていました。

いつか砂漠にある都市を書くことがあったら参考にしようと思います。その前に、実際に砂漠にも行ってみたいです。旅は大好きなのです。

同じ気温の話としては、一日で経験する気温差というのも面白いです。

南北を縦断すると一日で結構な気温差を体験することがあります。

私が経験した中で一番差があったときは二十度の差がありました。

夏と冬を一日で味わったのですが、これを利用すると大陸の広さを描写できそうだな、なんて考えたことがあります。

実際にそういう描写の小説もありますよね。

スランタニア王国では馬車での移動になるので、一日の間にこれほどの気温差を感じることはないでしょうが、セイさんも行く先々で大陸の広さを感じているんだろうな、と思ったりしています。

五巻も引き続き、イラストを珠梨《しゅり》やすゆき先生に担当していただきました。

今回も素敵なイラストをありがとうございます。相変わらず、的確なキャラデザインに思わずガッツポーズをしてしまいました。

五巻で登場したオスカーさんとセイランさん、どちらのデザインも想像していた通りでした。いや、セイランさんは予想を遥《はる》かに超えて素敵なデザインでございました。流石《さすが》です、珠梨先生。いつも本当にありがとうございます。筋肉、ごちそうさまです。

コミカライズの方も引き続き好調なようです。応援してくださる皆様、そして藤小豆《ふじあずき》先生をはじめとした関係者の皆様にはとても感謝しております。いつもありがとうございます。

五巻が出るまでの間に何点か特典用の原稿を確認させていただきましたが、セイさんのキャミソール姿や眼鏡姿を描いていただき本当にありがとうございました。あれは、とても良きものでした。特典の内容については、いつも告知して良いかどうかが悩ましくて、結局伏せていることが多いのですが、あのときは声を大にして叫びたかったです。

絶賛好評発売中のコミックですが、Webコミック掲載サイトであるコミックウォーカー様、pixivコミック様、ニコニコ静画様等で連載中です。こちらでは一部無料で読むことができますので、ご興味のある方は、ご覧いただければ幸いです。

小説の五巻が出る頃《ころ》は、どの辺りの話が掲載されているんでしょうか。そろそろまた、セイさんがやらかしてくれていそうな気がします。

今回はもう一人、感謝を。

実は五巻のプロットは非常に難産でした。三巻の原稿を書いている辺りで五巻の大筋を考えていたのですが、これが中々思い浮かばなくて。どうしたものかと困っているときに、魔王様が相談に乗ってくれたのです。あ、魔王様というのは友人の間での通称で、普段は神埼黒音《かんざきくろね》って名乗っています。『魔王様、リトライ!』を書いている作家さんです。神埼さんのお陰で、五巻と六巻の方向が決まりました。あのときは本当にありがとうございました。あと、ショタが出せなくてごめんよ(意味深)。

最後になりましたが、ここまでお読みいただき、ありがとうございました。
続きとなる六巻もなるべく早く、お手元にお届けできるよう頑張りたいと思います。
また近いうちにお会いできますように。

カドカワBOOKS

聖女《せいじょ》の魔力《まりょく》は万能《ばんのう》です　5

2020年2月10日　初版発行

著者／橘《たちばな》　由華《ゆか》

発行者／三坂泰二

発行／株式会社KADOKAWA

〒102-8177
東京都千代田区富士見2-13-3
電話／0570-002-301（ナビダイヤル）

編集／カドカワBOOKS編集部

印刷所／大日本印刷

製本所／大日本印刷

●お問い合わせ
https://www.kadokawa.co.jp/（「お問い合わせ」へお進みください）
※内容によっては、お答えできない場合があります。
※サポートは日本国内のみとさせていただきます。
※Japanese text only

Printed in Japan
ISBN 978-4-04-073488-0 C0093

新文芸宣言

かつて「知」と「美」は特権階級の所有物でした。

15世紀、グーテンベルクが発明した活版印刷技術は、特権階級から「知」と「美」を解放し、ルネサンスや宗教改革を導きました。市民革命や産業革命も、大衆に「知」と「美」が広まらなければ起こりえませんでした。人間は、本を読むことにより、自由と平等を獲得していったのです。

21世紀、インターネット技術により、第二の「知」と「美」の解放が起こりました。一部の選ばれた才能を持つ者だけが文章や絵、映像を発表できる時代は終わり、誰もがネット上で自己表現を出来る時代がやってきました。

UGC（ユーザージェネレイテッドコンテンツ）の波は、今世界を席巻しています。UGCから生まれた小説は、一般大衆からの批評を取り込みながら内容を充実させて行きます。受け手と送り手の情報の交換によって、UGCは量的な評価を獲得し、爆発的にその数を増やしているのです。

こうしたUGCから生まれた小説群を、私たちは「新文芸」と名付けました。

新文芸は、インターネットによる新しい「知」と「美」の形です。

2015年10月10日
井上伸一郎

FLOS COMIC
フロースコミック
ComicWalkerにて好評連載中!
聖女の魔力は万能です
The power of the saint is all around.
藤小豆
原作:橘 由華
キャラクター原案:珠梨やすゆき
ComicWalker フロースコミック公式サイトはこちら

第4回カクヨム
Web小説コンテスト
キャラクター文芸部門
〈特別賞〉
憧れの後宮はトラブルだらけでした!?
新米宮女、医療チートで大活躍!
風邪の予防にアルコール消毒!
呪い信者の道士と医学論争!?
無害な化粧品づくり!

悪役令嬢になんかなりません。
私は『普通』の『公爵令嬢』です！
明。
illustration
秋咲りお

乙女ゲームの死亡フラグ満載な悪役令嬢に転生したロザリンド。ゲーム知識を使い運命を変えるべく行動するも、事件が次々と勃発！　しかも、ヒロインにおこるはずのイベントをなぜかロザリンドが回収しちゃってる!?

聖女じゃなかったので、王宮でのんびりご飯を作ることにしました
seijo ja nakattanode, oukyu de nonbiri gohan wo tsukurukotonishimashita
コミカライズ
決定!!
作画：朝谷コトリ
カドカワBOOKS

元社畜、異世界の端っこでのんびりモノづくり生活、はじめます。

たままる ill キンタ

カドカワBOOKS

異世界に転生したエイゾウ。モノづくりがしたい、と願って神に貰ったのは、国政を左右するレベルの業物を生み出すチートで……!?　そんなの危なっかしいし、そこそこの力で鍛冶屋として生計を立てるとするか……。

鍛冶屋
ではじめる
異世界
スローライフ
第4回カクヨムWeb小説コンテスト
異世界ファンタジー部門〈大賞〉

1巻即重版の人気シリーズ!!
魔物の魔石を食べて強くなれるのは、この世界でオレだけ!
コミックス1巻発売中!!
作画：菅原健二
魔石グルメ
結城涼
ILL. 成瀬ちさと
カドカワBOOKS
転生特典のスキル【毒素分解EX】が地味すぎて、伯爵家でいびられるアイン。しかし母の離婚を機に隣国の王子だと発覚！　しかもスキルのおかげで、魔物の魔石を食べてその能力を吸収できる体質らしく……？

魔石グルメ
魔物の力を
食べたオレは
最強!

ラスボス
魔王よりも強いけど、
平穏に暮らしたいんです。
B's-LOG COMIC＆
異世界コミックにて
コミカライズ
決定!!!!!
漫画：のこみ
悪役令嬢レベル99
～私は裏ボスですが魔王ではありません～